하품

하품

정영문

작가
정신

　나는 나를 허물며 나의 허물어짐을 구축해가는 걸까, 허물고 있는 걸까, 아니면 그 허물어짐과 함께 허물어지고 있는 걸까, 그리고 그것들 사이에는 어떤 차이가 있는 걸까, 라는 자문이 말하고자 하는 것은 무엇일까, 라는 의문에서 비롯되고 나아가고 다시 그 질문에 이르게 되는 나의 무모한 글쓰기가 놓이고자 하는 (무)의미의 공간상의 지점은 어디일까, 라는…… 라는……일 수밖에 없을까…….

1999년 10월
정영문

차례

초판 작가의 말   005

하품   009

작품 해설 _ 삶 이전, 혹은 죽음 이후의 세계   111
손정수(문학평론가)

아침부터 기분이 이유 없이 별로였던 그날 오후에는, 우연히 동물원에서 한때 알고 지내던 사내를 만났다. 우리는 서로 반대편에서 걸어가던 중, 서로를 지나치다 말고, 걸음을 멈추고는 상대를 한참을 쳐다보았다.

그는 나를 알은척하며, 내가 누가 아닌지 물었고, 나 또한 그가 누가 맞는지 물었다.

— 맞아, 이럴 수가, 자네를 다시 만나다니, 정말 반갑네, 자네를 이런 곳에서 만나게 되다니, 과장되게 반가움을 내색하며, 그가 말했다.

나는 그를 만난 것에 반가워해야 할지 말아야 할지를 생각했다. 그는 악수를 하기 위한 듯 손을 내밀었다.

나는 손을 내밀다가 말고, 사람의 손을 잡는 것을 싫어하는 내 성미를 생각해내고는 다시 거두어들였다. 그의 무안해진 손은 심하게, 보통 때에도 그냥 있어도 떨리는 내 손보다도 더 심하게 떨리고 있었다. 나는, 혼잣말로, 흥, 꽤 반갑기도 하군, 하고 중얼거렸다.

— 하마터면 자네를 못 알아볼 뻔했네, 자네의, 이렇게 나이가 들어서도 변함없는 얼빠진 모습만 아니었으면, 내가 말했다.

— 나 역시 마찬가질세, 자네의 그 어수룩한 표정만 아니었어도 그냥 지나쳐버렸을걸세, 하고, 그는 내게 질세라 말했다.

— 자네도 많이 늙었군, 내가 말했다.

— 그래, 아니라고 하기에는 너무 늙었지, 늙을 대로 늙었지, 더 늙을 수도 없게 늙었지, 그가 말했다.

— 나이가 얼마나 되었다고 그런 말을 하나, 내가 말했다.

— 우리 저기 있는 의자에 앉아 얘기라도 나누세, 내 말은 무시하며, 가까이 있는 녹색 벤치 하나를 가리켜 보이며 그가 말했다.

내가 뭐라고 말할 사이도 없이 그는 벤치가 있는 쪽

으로 가고 있었다. 나는 그 자리에 그대로 서 있었다.

— 왜 그냥 서 있는가, 그가 말했다.

— 자네를 따라가는 것이 옳은 일인지 생각 중이네, 내가 말했다.

그는 다시 내가 있는 곳으로 와 내 소매를 잡았다. 나는 내 소매를 잡은 그의 손을 잡아 떼어놓았지만 그는 이번에는 다른 손으로 내 팔을 잡았고, 그 손을 놓으려 하지 않았다. 나는 그의 손을 뿌리쳤다.

— 안 갈 텐가, 그가 말했다.

— 할 수 없는 노릇이군, 하고 나는 중얼거리며 그의 뒤를 따라갔다.

그는 무척 느린 걸음으로 가고 있었는데, 나의 걸음은 그의 걸음보다도 더 느렸고, 그래서 우리 사이는 점점 더 눈에 띄게 벌어졌다.

— 나는 자네가 죽은 줄 알았네, 그가 뒤를 돌아보며 소리쳤다.

— 그래, 나 또한 자네가 아직도 살아 있으리라고는 생각도 못 했네, 나는 소리치며 그의 뒤를 부지런히 따라갔다.

— 좀 빨리 걸을 수는 없겠나, 그가 짜증을 내며 말했

다.

― 지금 나는 뛰어가는 심정으로 걷고 있다네, 내가
말했다.

그는 뭐라고, 내 생각에는 내 욕을 하는 듯 중얼거리
며 먼저 벤치에 가 앉아 나를 기다렸고, 잠시 후 나 또한
그의 옆에 가 앉았다. 나는 같은 벤치 위에, 될 수 있는
한 그에게서 멀리 떨어져 앉았고, 그 때문에 하마터면
벤치 아래로 굴러떨어질 뻔했다. 그를 만나지 않았다면
그런 일은 없었을 거라는 생각을 하자 화가 났지만 참
기로 했다.

― 그래, 여긴 어떻게 해서 오게 되었나, 숨을 고른
후 내가 물었다.

― 가끔 온다네, 집이 여기서 가깝지는 않지만 그렇
다고 멀지도 않은 곳에 있거든, 그가 말했다.

― 그래, 자네의 집이란 말이지, 내가 말했다.

― 그래, 내가 그 집의 주인인 집이지, 허름하긴 하지
만 아담하고 아늑한 집이라네, 언제 한번 자네를 집에
초대하고 싶네, 그가 자랑스런 듯 말했다.

― 초대를 하면 생각해볼 수는 있네, 내가 말했다.

― 자네가 오겠다고 하면 그때 초대를 하겠네, 그가

말했다.

— 그런데 자네는 여전히 혼자 사나, 내가 말했다.

— 그래, 혼자 내 집에 있는 것들과 함께 살지, 그가
말했다.

— 자네가 혼자 살면서 함께 사는 것들에는 뭐가 있
지, 내가 말했다.

— 내 집에서 어쩔 수 없이 나와 함께 사는 것들이 있
지, 그가 말했다.

— 그런데 자네 집에서 어쩔 수 없이 자네와 함께 사
는 것들에는 뭐가 있지, 내가 말했다.

— 그만하세, 그런데 자네도 혼자 사나, 그가 말했
다.

— 그래, 어떤 여자와도 결혼 서약의 의무를 다하며
살 수 있을 것 같지 않았네, 내가 말했다.

— 그보다도, 어떤 여자가 자네와 함께 살려고 하겠
나, 그가 말했다.

— 듣기 좋은 말은 아니군, 내가 말했다.

우리는 서로를, 마치 처음 보는 사람처럼 마주 보았
다.

— 자네 눈이 몹시 충혈되어 있군, 내가 말했다. 뭐랄

까, 사람의 눈 같지가 않아.

— 항상 그래, 그래서 항상 모든 게 흐리멍덩하게 보이지, 그가 말했다.

— 자위행위를 과도하게 하면 그렇게 되지, 내가 말했다.

— 그런 거 하지 않은 지 오래됐네, 하는 방법도 잘 생각이 나지 않을 정도네, 그가 말했다.

— 충혈된 눈의 붉은 기를 없애는 방법이 있지, 내가 말했다.

— 어떻게, 그가 말했다.

— 가르쳐줄까 말까, 대파의 하얀 부분을 일주일 동안 계속해서 먹어보게, 내가 말했다.

— 그렇게 하면 어떻게 되는데, 그가 말했다.

— 그렇게 하면 어떻게 되냐고, 자네의 모자람에는 아무 모자람이 없군, 눈의 붉은 기가 없어지지, 내가 말했다.

— 일주일 내내 대파만 먹어야 되는가, 그가 말했다.

— 자네는 일주일 내내 대파만 먹고 살 수 있을 것 같나, 그럴 수 있으면, 그리고 그러고 싶으면 그렇게 하게, 내가 말했다. 다른 음식도 먹으면서 먹어.

— 삶아서, 그가 말했다.

— 아니, 그냥 날것으로, 내가 말했다.

— 확실히 효과가 있는 거야, 그가 말했다.

— 내 아는 사람이 그러는데, 그렇게 해서 효과를 봤대, 내가 말했다.

— 자네 얘기는 아니겠지. 그런데 그게 정말 근거가 있는 얘긴가, 그럴듯하긴 하지만 자네가 그런 얘기를 하니까 못 믿겠어. 그리고 대파의 하얀 부분을 그렇게 먹는다고 눈알이 백내장을 앓는 사람처럼 하얗게 되는 건 아니겠지. 그러고 보니 자네의 눈 또한 내 것 못지않게 충혈되었는데, 그가 말했다.

나는 그의 말에 대꾸를 하지 않았다. 그는 나름대로는 잔뜩 멋을 부린 듯, 화려한 색상의 바지와 셔츠를 입고 있었는데, 아무리 좋게 보아도 꼴불견이라고밖에는 말할 수가 없었다. 바지는 구멍이, 적어도 한 개 이상 나 있었고, 셔츠는 제대로 단추조차 채워져 있지 않았다.

— 자네, 차림이 아주 근사하군, 내가 말했다.

— 알고 있네, 옷에 신경을 썼거든, 자네도 차림에 신경을 좀 쓰게, 나를 아래위로 훑어보며, 그가 말했다.

— 겉모습에 신경을 쓰는 건 여전하군, 그런다고 누

가 봐주는 것도 아닌데. 아니, 자네는 좋지 않은 의미에서 사람들의 눈길을 끌긴 하지, 내가 말했다.

— 한데 이렇게 차리고 나오기까지 쉽지가 않았네, 아침부터 한바탕 소동을 벌였지, 그가 말했다. 나는 내 방 구석에 있는 옷장 앞으로 가, 어떤 옷을 입고 나갈지를 생각했지만 쉽게 결정을 내리지 못했네, 그리고 그때부터 나의 조용한 발광이 시작되었네, 나는 옷장 속의 옷들 모두를 꺼내 방바닥에 늘어놓은 다음 그것들을 하나씩 내려다보며, 마음속으로, 하얀 반소매 셔츠에 면바지를 입을까, 노란색 긴소매 셔츠에 검은색 반바지를 입을까, 초록색 반소매 줄무늬 셔츠에 체크무늬 긴바지를 입을까, 아니면, 하얀 반소매 셔츠에 검은색 반바지를 입을까, 노란색 긴소매 셔츠에 체크무늬 긴바지를 입을까, 초록색 반소매 줄무늬 셔츠에 청바지를 입을까를 고민했네, 그 말고도 오늘 입을 수 있는 옷은 몇 벌이 더 있었지만 그 이상이 되면 너무 복잡해져 나머지는 제외시켰네…….

— 그만하게, 내가 말했다.

— 아니, 아직 끝나지 않았네, 그가 말했다. 그게 문제의 전부가 아니었네, 또한 나는 셔츠는 바지 속으로

넣을까, 바지 밖으로 내놓을까를 놓고 오랜 숙고와 번복을 되풀이해야만 했네, 결국 나는 이다지도 자질구레한 일에 광분하고 있는 자신에게 측은한 마음과 적개심을 동시에 느끼며, 그 와중에도 그 옷 모두를, 그것의 연장선상에서 나 자신을 갈기갈기 찢어놓고 싶은, 그 모든 것을 단념하고, 그에 더해 나 자신의 인생까지도 단념하고 싶은 고질적인 끈덕진 욕망을 가까스로 눌러야 했고, 또한 나 외에 누가 그 어려움의 적은 일부라도 알겠는가, 하는 서글픈 생각을 할 수밖에 없었네. 나는, 어떤 경우에도 이성을 잃어서는 안 돼, 일단 이성을 잃게 되면 넌 그것으로 끝장이야, 그 말을 되뇌며, 나를 타이르기도, 내게 윽박을 지르기도 하며 그 일을 했네…….

— 제발 그만하게, 부탁이네, 내게 무슨 원한이라도 있는 건가, 자네의 그런 지겨운 시시한 이야기로 나를 이렇게 고문하게, 자네는 항상, 자네만 괜찮다면 상대를 힘들게 할 수 있는 한에서는 최대한 힘들게 하려고 노력하지, 내가 말했다.

— 그럴 리가 있나, 조금만 더 참고 들어주게. 나라고 이런 얘기를 하는 게 지겹지 않을 것 같나, 나 또한 지겨운 걸 참고 얘기하는 거라네, 어쩌면 자네가 지겨워하

는 것보다도 더 지겹네. 그리고 내 말을 끊지 말게, 그가 말했다. 내게 그 문제는 보통 복잡한 것이 아니었는데, 그것은 옷의 색상에 대한 고려뿐만 아니라, 오늘 날씨에 대한 고려까지 포함해, 내가 그 옷을 입고 다른 어떤 곳이 아닌, 동물원에 가려 하고 있다는 사실 또한 참고해야 했으며, 유행에 너무 뒤지지 않아야 하고, 너무 어수룩하게 보이지 않아야 하고, 또한 지나치게 자신감에 넘치는 사람으로도 보이지 않아야 한다는 점까지 감안해야 했기 때문이네, 그래서 나는 일단 그중 한 벌을 입고 나간 후 매시간마다 집에 돌아와 다른 것들로 갈아입고 나가는 것을 반복하는 방안과 그 옷 모두를 가방에 넣거나 껴입고 나가 매시간마다 갈아입는 방안에 대한 고려까지 했지만 그것은 성가신 일일 뿐만 아니라 사람들로 하여금 나를 실성한 사람으로 생각하게 할 위험이 있다는 이유로 고려 대상에서 제외시켰네, 그렇게 해서 나는 동물원에 가야겠다는 생각을 한 지 한 시간이 지나서야, 노란색은 너무 눈에 띌 수 있으며, 체크무늬는 유행에 뒤진 것이며, 긴팔 소매는 오늘의 날씨에 비춰 적합하지 않다는 식으로 하나씩 배제시켜 나간 끝에, 누구의 도움도 받지 않고 그 일을 해낸 것에 자부심

18

마저 느끼며, 최종적인 선택을 하고, 집을 나설 수 있었고, 자네가 지금 보다시피 나의 차림은 하얀색 반소매 셔츠에 체크무늬 긴바지로 결론이 날 수 있었네. 하지만 오늘따라 내가 외출 시 차림이 야기하는 문제로 진땀을 뺀 것은 아니었네, 이건 거의 매일같이 일어나는 일이지.

　— 다 끝났나, 내가 말했다. 나는 인간에 대해 참을성을 갖는다는 것의 어려움이 나로부터 먼 곳에 있지 않다는 사실을 새삼 절감했다.

　— 아닐세, 그가 말했다.

　— 자꾸 이러면 딴 데로 가버리겠네, 내가 말했다.

　— 조금만 더 듣게, 이 얘기는 자네한테 꼭 해주고 싶으니까, 그리고 나는 일단 꺼낸 얘기를 그만둘 수 없는 때가 있는데, 지금이 바로 그때거든, 참기 어렵더라도 조금만 참고 그냥 들어주게, 제발, 자네니까 하는 얘기네, 자네가 아니라면 누가 이런 얘기를 들어주고, 나 또한 이렇게 마음껏 할 수 있겠나, 그가 말했다. 그리고 집을 나서면서도, 나는, 동물원을 가면 또 뭐 하지, 동물원을 간다고 그 시간에 내가 동물원이 아닌 다른 장소에 있는 것과 아무런 차이가 없는데, 그곳에서, 기분이 나

아지는 것도 아닌데, 동물원에 간다고 무슨 소용이 있지, 하는, 생각이 들었지만, 동물원에 가지 않으면 또 뭐하나, 하는 생각을 앞세워, 꾸물거리는 마음을 독촉해, 결국 동물원으로 향했네. 언제나 그러한 자질구레한 것들에 직면하게 되면 맥을 추지 못하는데, 바로 그 점에 나라는 인간의 정수가 있네…….

— 그만두지 못하겠나, 나를 놀리려는 건가, 내가 말했다.

— 이제 다 했네, 더 할 수도 있지만, 그리고 더 하고 싶지만, 자네가 그러니까 못 하겠네, 그가 말했다.

— 자네는 무서운 인간이야, 자네의 이러한 점이 내가 자네를 진정한 친구로 생각하는 것을 막아주지, 그 점은 다행이지만. 그런데 왜 내게 그런 얘기를 한 건가, 내가 말했다.

— 이유는 없네, 그가 말했다.

— 아쉽군, 자네가 그런 말을 한 데는, 그게 뭐든, 어떤 이유라도, 하다못해, 이유 같지 않은 이유라도 있었기를 바랐는데, 내가 말했다.

— 하지만 분명히 말해두지만 이유는 없네, 그가 말했다.

이자는 보통 악질이 아냐, 나는 생각했다. 그의 몸에
서는 뭐라고 표현하기 힘든 냄새가 났다.

— 향수까지 바른 모양이군, 핀잔을 주며 내가 말했
다.

— 향수는 마음을 안정시켜주는 효과가 있지, 그가
말했다.

— 그게 아니라, 몸에서 나는 좋지 않은 냄새를 상쇄
시켜주는 효과는 있겠지, 그래서 그런지 자네의 몸에서
늘 나던 악취랄 수 있는 악취는 안 나는군, 그래서 그런
지 어째, 지금 자네는 자네 같지가 않아, 내가 말했다.

— 나는 오늘 낙타를 보러 왔네, 그는 재빨리 화제를
다른 것으로 돌렸다.

— 내가 제일 좋아하는 동물이 낙타거든, 이곳에, 새
끼를 분만할 시기가 된 암낙타가 있다는 것을 알고 있
었거든, 오기 전 나는, 낙타가 새끼를 분만하는 것은 볼
수는 없겠지만, 운이 좋다면, 분만한 새끼는 볼 수 있을
것이라는 생각을 했지, 그리고 아직 새끼를 낳지 않았
다면, 아직 새끼를 낳지 않은, 임신 중인 낙타라도 볼 수
는 있으리라는 생각을 했지, 하지만 어디로 옮겼는지
낙타는 볼 수가 없었네, 그래서 낙타 우리만 보다가 말

왔지, 그가 말했다.

나는 그가 말한 것을 곰곰이 생각해보았고, 그가 하려고 한 말이, 낙타를 보러 왔지만 보지 못했다, 라는 것이라는 것을 이해했다. 나 역시 낙타가 보고 싶었지만 아무 말도 하지 않았는데, 그건 그가 먼저 낙타를 보고 싶다는 말을 했기 때문이었다.

그는 웃었고, 나는 그럴 마음이 없었지만, 같이 웃었다. 나는 그를 슬쩍 바라보았는데, 그의 얼굴은 혈색이 좋지 않았다. 그는 땀을 심하게 흘리고 있었다. 이런 사람과 함께 있는 건 건강치 못한 거야, 나는 생각했다.

— 나는 우리가 이렇게 같이 웃을 때가 좋았어, 그가 말했다.

— 나 또한 그랬다고 말하고 싶군, 과연 그랬는지는 기억이 나지 않지만, 내가 말했다.

— 그런데 자네, 타조가, 먹이를 쫓아, 아니면 자신을 잡아먹으려는 동물의 추격을 받아 그것의 걸음이 자신을 살려놓을 때까지, 아니면 그것이 달려가야 할 다른 어떤 이유로, 아니면 별 이유 없이, 또는 기분을 내느라고, 그것이 낼 수 있는 최대한의 속도로 뛰어가는 것을 가까이서 본 적이 있나, 그가 말했다.

— 아니, 있다고 말하고 싶지만 아쉽게도 그런 적이 없네, 내가 말했다.

— 나 역시 가까이서 본 적은 없네, 하지만 그것을 가까이서 상상한 적은 있지, 타조는 마치 끝내는 이륙할 것처럼 질주를 하지만 결국에는 날아오르거나 하는 일은 없지, 그가 말했다.

— 그게 타조의 본분이니까, 만약 날아오른다면 자신의 본분을 잊는 것이 되겠지, 내가 말했다.

— 그래, 그리고 타조의 묘하게도 우습게 생긴 부리를 본 적이 있나, 그가 말했다.

— 그래, 우습지도 않은 웃음을 짓고 있는 듯하지, 내가 말했다.

— 그래, 그걸 보면 따라 웃게 되지, 그리고 그 모습을 보면 그것이 평소 스스로에 대해 갖고 있는 생각의 일단을 엿볼 수 있지. 한쪽 다리를 접고 서 있는 타조는 마치 자신의 정체에 대해 자신 없는 듯 보이지, 자신이 걷게 되어 있는 건지, 날게 되어 있는 건지 아무리 해도 판단이 서지 않는 듯한 투지, 그가 말했다.

— 대단한 관찰력이라고, 아니 상당한 관찰력이라고, 아니 관찰력이 제법이라고 해둬야 할 것 같군, 자네

의 관찰력은 나만큼은 되는군. 하지만 내가 보기에는, 타조는 내가 지금 여기서 뭘 하고 있길래 이런 자세로 서서 뭘 하고 있는 거지, 하는 생각을 하는 것처럼 여겨 져, 내가 말했다.

— 그런데 낙타의 타, 자와 타조의 타, 자가 한자로 같이 쓰인다는 것을 아나, 그가 물었다.

— 그런가, 재미있군, 둘 사이에 무슨 공통점이 있 지, 내가 말했다.

— 모르겠네, 하지만 둘은 우스꽝스런 모습을 하고 있다는 점에서 닮기도 했지, 마치 우리 두 사람처럼 말 야, 그가 말했다.

— 내가 자네를 닮아 우스꽝스러워 보인다고, 내가 말했다.

— 아닌가, 그가 말했다.

— 어쨌든 그 둘은 모든 것을 다 알면서도 모르는 척 을 하는 것처럼 보여, 능청스럽게도 말야, 내가 말했다.

— 그게 아니라, 아무것도 모르면서도, 마치 모든 것 을 알면서도 모르는 척을 하는 것처럼 모르는 척을 하 지, 그가 말했다.

그러면서 그는 천천히 손을 올려, 떨리는 손으로, 코

털을 하나 어렵사리 뽑아 후, 하고 입김으로 날려보냈지만 코털은 그대로 그의 손가락 끝에 달라붙어 있었고, 그는 그것을 다른 손으로 억지로 떼어내야 했지만 코털은 떨어지기가 싫은 듯 또다시 그의 다른 손에 붙어, 결국 그는 그것을 옷에 문질러 닦았다.

　— 가벼움이 날 수 있는 조건은 아니지, 내가 말했다.

　— 그게 무슨 말인가, 그가 말했다.

　— 나도 모르겠네, 그냥 해본 소릴세, 내가 말했다.

　— 내 앞에서 자네도 모르는 얘기는 하지 말아주게, 그가 말했다.

　— 한데, 한때, 자네를 찾아야겠다는 생각을 했고, 그리고 찾지 않았네. 지금 든 생각이지만, 그사이 자네를 찾지 않은 것은 잘한 일이었던 것 같군, 내가 말했다. 그런데, 자네, 우리가 마지막으로 함께한 그 일이 기억나는가, 내가 말했다.

　— 그래, 또렷하게 기억하고 있지, 그런데 그게 언제였지, 그가 말했다.

　— 벌써 십 년도 더 됐지, 내가 말했다.

　— 십오 년쯤 됐지, 그가 말했다.

　— 이십 년은 된 것 같은데, 내가 말했다.

— 아니, 그 이상이 되었을 거야, 그가 말했다.

— 이런 걸 갖고 다투자는 건가, 내가 말했다.

— 재미있지 않나, 그가 말했다.

— 그건 그렇지 않아, 내가 말했다.

— 그건 그래, 그가 말했다.

— 하여간 오래됐지, 그가 말했다.

— 그건 그래, 오래됐지, 내가 말했다.

— 먼저 시작을 한 건 자네였지, 끝을 낸 건 나였고, 그가 말했다.

— 그래, 내가 먼저 가슴에 칼을 찔렀지, 내가 말했다.

— 그리고 내가 배에 칼을 찔러 끝을 냈지, 그가 말했다.

— 아니, 그건 자네가 잘못 알고 있네, 끝을 낸 건 그의 목에 칼을 박은 나였어, 내가 말했다.

— 자네는 잘못 알고 있어도 한참 잘못 알고 있군, 그리고 우길 걸 우겨야지, 그가 말했다.

우리는 잠시 서로를 노려보았다. 나는 말할 수 없이 서글픈 광경을 바라볼 때처럼 그를 쳐다보았다.

— 우리가 이렇게 서로를 정답게 쳐다본 지도 오래

군, 그가 말했다.

— 그래, 그런 적이 있었는지는 의심스럽지만, 내가 말했다.

나는 그의 옆으로 조금 다가가 앉았지만 다가간 만큼 몸을 그의 반대쪽으로 기울였다.

— 우리가 이렇게 쳐다볼 때면 제아무리 화가 나는 일이 있더라도 이내 기분이 풀리지, 지금도 그렇다고 말하고 싶네, 그가 말했다.

나는 이맛살을 찌푸리며, 누군가가 싫게 생각이 될 때면 그걸 속이기란 여간 어렵지가 않단 말야, 하는 생각을 했다.

— 그래, 하지만……, 내가 말했다.

— 하지만, 그를 끝낸 건 그 자신이었네, 더 이상 숨 쉬기를 중단한 건 그였으니까, 그가 말했다.

— 맞아, 그가 죽은 건 그의 공적으로 돌려야지, 그런데 마지막 숨이 넘어갔을 때 그자의 표정이 기억나나, 내가 말했다.

— 그래, 자신이 죽었다는 것을 받아들이기 어려운 표정이었지, 그걸 보고 웃지 않기란 어려운 일이었지, 그가 말했다.

— 그래서 우리는 그가 모든 것을 받아들이는 표정으로 얼굴 모습을 고쳐줘야 했지, 그 순간 자네는, 죽을 때는 입을 벌리거나, 그것이 용이치 않다면 다물고 죽는 법이야, 하고 말했지, 내가 말했다.

— 내가 그랬나? 그에게 개인적은 유감은 없었어. 단지 나는 돈이 필요해 그 일을 한 것뿐이야. 그런데 나는 아직도 개구리를 무서워할 정도로, 그렇게 겁이 많은 자네가 어떻게 그런 일을 할 수 있었는지 이해가 되지 않는구먼, 그가 말했다.

— 개구리를 무서워하면서도 사람을 해치우는 일은 거뜬히 할 수도 있다네, 그리고 내가 무서워했던 것은 개구리가 아니라, 짝짓기에 대한 기대에 부풀어 무섭게 울어대는 개구리의 울음소리였다네. 그리고 정확히 말해, 무서웠던 게 아니라 소름이 끼쳤지. 내가 개구리 울음소리를 견디지 못하고 귀를 틀어막았던 건 그 때문이야, 내가 말했다.

— 그게 그거지, 그런데 같이 일을 했을 때 우리는 손발이 잘 맞았지, 그가 말했다.

— 마음은 맞지 않았지만, 내가 말했다.

— 그래, 우리는 마음은 맞지 않으면서도 손발은 잘

맞았던, 훌륭한 짝패였지, 내가 말했다.

— 어떤 때는 우리가 서로 구별이 안 갈 정도로, 한 사람으로 여겨지기까지 했어, 우리의 비루함이, 우리를 우리답게 만들어주었던 비루함이 우리를 하나로 묶어주었던 것 같아, 그가 말했다.

— 맞아, 한데 정말 그가 죽었던 걸까, 나는 그가 죽은 척을 하고 있다는 느낌이 들었어, 내가 말했다.

— 나도 그랬어, 그가 말했다.

— 그래서는 아니지만, 우리는 무서워 도망을 쳤지, 자네가 먼저, 내가 말했다.

— 그래, 내가 먼저, 아니 자네가 먼저였네, 그가 말했다.

— 아니, 앞장을 서서 달아난 건 자네였네, 내가 말했다.

— 아닐세, 자네가 먼저였네, 자네의 오리궁둥이를 보며, 그걸 따라간 기억이 나니까, 그가 말했다.

— 아니, 자네가 먼저 날 내버려두고, 혼자서 먼저 달아났지, 내가 말했다.

— 아닐세, 잘 생각해보게, 먼저 달아난 건 자네였네, 그가 말했다.

— 자네였어, 내가 말했다.

— 자네였어, 그가 말했다.

— 그래, 나였어, 자네 뒤를 따라간 건, 내가 말했다.

우리는 서로를 노려보려다 말고 동시에, 그만하세, 하고 말했다.

— 한데 그 모든 일이 누군가에게서 들은 얘기만 같군, 그가 말했다.

— 그래, 내가 말했다.

— 한데 우리가 그 일을 저지른 게 틀림없다면, 우리는 나쁜 짓을 한 거네, 우리가 해서는 안 될 짓을 한 건 사실 같아, 그가 말했다.

— 그럼 어떤가, 내가 말했다.

— 우리, 우리 손에 희생된 사람들을 위해 잠시 묵념이라도 올리는 건 어떨까, 그가 말했다.

— 나는 싫네, 그러고 싶으면 자네나 그렇게 하게, 내가 말했다.

— 이런 말은 차마 하고 싶지 않지만 해주고 싶네. 정말이지, 이미 알고 있던 바지만 자네는 인정머리라곤 없네, 인정머리라곤 없는 나에 비해서도 더 인정머리가 없단 말일세, 그가 말했다.

— 그건 나로서는 알 바가 아니네, 내가 말했다.

— 자네의 꾸밈없는 사악함에는 감동이라도 받아야 할 것 같군, 자네가 사심 없이 할 수 있었던 것은 남을 못살게 한 일뿐이었지, 하고 말한 후 그는 골이 난 듯 뭐라고 중얼거리고 있었다.

— 뭐라고 하고 있는 건가, 설마 내 욕을 하는 건 아니겠지, 내가 말했다.

— 날 뭘로 보는 건가, 나는 어떤 사람이 있는 앞에서는 그 사람에 대해 욕을 하지는 않는다네, 그가 말했다.

— 그래, 하지만 내 욕을 해도 좋네, 그것을 들으면 기분이 좋아지는 욕을 들어본 지도 오래되었으니까, 지금 내게 욕을 해줄 수는 없겠나, 내가 말했다.

— 자네가 그런 부탁을 하니까 못 해주겠네, 해주고 싶은 마음이 사라져버렸네. 그런데 자네는 덧없는 목숨을 부지하기 위해 살아 꿈틀거리는 것들을 보면 자비심이 일지 않나, 그가 말했다.

— 그래서 끝장을 내주고, 없애주고 싶은 마음이 생기지, 내가 말했다.

— 자네는 정말 비정한 인간이군. 자네를 비정한 인간으로 생각지 않은 건 아니지만, 그럼에도 나는 나의

생각이 틀렸을 거라는 생각이 맞을 거라는 생각을 했는데…… 비정함은 내게는 부족하지만 자네에게는 조금도 부족함이 없는 덕목이야, 그가 말했다.

— 비정함이 덕목이라고, 자네는 덕목에 대한 독특한 관념을 갖고 있군, 내가 말했다.

— 그런데 지금도, 신이 그들에게 맡긴 악역을 잘 소화해내는 악인들의 뛰어난 연기를 보면 질투가 날 지경이란 말야, 그가 중얼거렸다.

— 인간으로서의 도리라는 문제에 대해 깊이 생각해본 적이 있나, 내가 물었다.

— 항상 그 문제를 생각해왔네, 그가 말했다.

— 정말인가, 아마 어떻게 하면 인간으로서의 도리를 모르고, 아니면 도리를 다하지 않고, 아니면 도리를 저버리고 살 수 있을까를 생각했겠지, 내가 말했다.

— 나를 어떻게 보고 그런 말을 하는가, 그런 말을 한다고 내 심기가 불편해질 것 같은가, 인간의 도리라는 문제와 관련해 내가 생각하는 바는, 완전히 도리를 다하며 살 수 있는 게 아니라면 꼭 도리를 다하며 살 필요는 없다는 거지, 그가 말했다.

그사이 그는 콧속에 손가락을 집어넣어, 마치 달리

도리가 없다는 듯, 또다시 코털을 뽑으려 하고 있었다.

— 무슨 생각을 하고 있나, 그가 물었다.

— 우리가 함께했던 좋았던, 아니, 좋았던 적이 없던 이라고 하는 편이 더 맞을 시절을 회상하고 있는 중이네, 내가 말했다.

— 나는 코털을 뽑는 일은, 그 일조차도 하지 않고 멍청하게 앉아 있는 사람에게는 권장할 만한 것이라는 생각을 하고 있는 중이네, 코털을 뽑으면 기분이 좋아진단 말야, 기분이 좋을 때면 코털을 뽑기도 하지만, 그가 말했다.

— 자네와 함께 있는 게 창피스럽다는 말은 구태여 하지 않겠네, 내가 말했다.

하지만 그는 내 말을 들은 척 만 척했다. 나 역시 달리 아무런 할 일이 없는, 막연하기 짝이 없는 순간이면, 생각다 못해 머리털이나 다리의 털을 뽑거나, 아니면 턱의 수염을 뽑지는 않고 그냥 잡아당기는 수는 있었지만 코털을 뽑거나 하지는 않았다. 공공장소에서, 전혀 아무런 수치심도 없이, 떳떳하게 코털을 뽑는 것과 같은 행위는 법으로라도 금지해야 한다는 게 나의 지론이었다. 물론 그가 코털을 뽑는 데 그만한 나름의 이유가 있다면, 가령, 코털이 너무 길게 뻗어 나와 보기 흉한 것과 같은 이유가 있다면 얘기는 달라질 수도 있지만, 순전히 그는 의식적으로, 자기 만족을 위해 그렇게 하고 있었다.

— 더러워, 나는 그를 흘겨보며 말했다. 하지만 그 짓을 하는 게 온갖 허튼짓도 마다 않는 자네니까, 그리고 그건 자네로서도 어쩔 수 없는 자네의 오래된 습관이니 봐주겠네, 그렇지만 내가 옆에 있을 때면 그 짓을 하지 않을 수는 없나, 자네가 코털을 뽑는 것을 보면 나도 그러고 싶어지거든.

— 이건 나로서도 어쩔 수가 없네, 그리고 나는 자네가 아니네, 그는 태연하게 코털 하나를 다시 뽑으며 말했다.

그사이 내 손은, 나의 내심과는 역행하여, 자꾸만 위로 올라가고 있었다. 나는 코털을 뽑으려다 말고, 손을 좀 더 위쪽으로 가져가 머리칼 하나를 뽑으며, 혼잣말로, 이왕 뽑을 거면 이걸 뽑는 게 낫지, 하고 중얼거렸다.

그는 잠시 아무 말 없이 잠자코 있었다. 이제 뽑을 수 있는 코털은 모두 뽑은 듯 보였다. 코털이 자라나 그것을 뽑을 수 있기 전까지는 그가 코털을 뽑는 것을 보며 불쾌함을 느끼지 않을 수 있겠지, 나는 생각했다.

그는 무료한 듯 하품을 했다.

— 지겨운가, 내가 말했다.

— 조금은. 자네도 이 지겨움을 조금만이라도 안다면 무슨 짓이라도 할 수 있을걸세, 그가 말했다.

— 그래서 코털이라도 뽑은 건가, 내가 말했다. 그는 대답을 하지 않았다.

— 아직도 사는 것에 미련이 남아 있는 건 아니겠지, 그래서 말인데, 우리 단칼에 서로를 끝장내주는 건 어떨까, 옛날의 솜씨를 발휘해서, 그가 말했다.

— 그것도 좋지, 아직 그 솜씨가 녹이 슬지 않았다면. 수박을 가를 때처럼 서로의 배에 칼을 꽂을 수도 있겠지, 한데, 우리가 그럴 가치라도 있을까, 내가 말했다.

— 나는 손이 떨려서도 안 될 거야, 그가 말했다.

— 핑계로는 그다지 그럴싸하지는 않군, 한데, 그렇게 한다고 끝장이 날 수 있을까, 내가 말했다. 그런데 그 말고 우리가 함께할 수 있는 다른 일은 없을까?

— 지금 말인가, 그가 말했다.

— 지금이나, 앞으로, 내가 말했다.

— 우선 지금 당장 할 수 있는 일을 생각해보지, 그가

말했다.

우리는 그 문제를 놓고 한참을 생각했다.

— 잘 생각해보면 뭔가가 있긴 있을 거야, 보람도 있고, 재미도 있는, 그가 말했다.

— 우리의 얼마 남지 않은 기력을 쏟아부을 수도 있고, 이 무료한 시간을 보낼 수도 있는, 내가 말했다.

— 그 밖의, 그걸 하기 전까지는 그것이 의미가, 아니면 재미가 있다는 것을 알게 되지 못하는, 그가 말했다.

— 그것이 좋은 것이든 나쁜 것이든, 의도를 갖고 할 수 있는, 내가 말했다.

— 뭔가 절실한 마음으로 할 수 있는, 그가 말했다.

— 아니면 그 일을 하는 동안 마음이 절실해질 수도 있는, 내가 말했다.

— 어떤 일이, 하고 우리는 동시에 말을 했고, 서로 이마를 맞대고 생각에 잠겼다.

— 굉장한 어떤 일이 우리가 생각해주기를 기다리고 있는 게 틀림없어, 그가 말했다.

— 바로 그거야, 내가 말했다.

우리는 계속해서 이마를 맞대고 생각을 했다.

— 그런데 좋은 생각이 안 나는군, 이상한 일이야, 전

에는 우리가 이렇게 이마를 맞대고 생각을 할 때면 좋은 생각들이 났는데 말야, 그가 말했다.

— 안 날 때도 있었지, 내가 말했다.

— 날 때가 드물었지, 그가 말했다.

그는 마치 깊은 생각에 잠긴 사람처럼 고개를 부자연스러울 정도로 아래로 떨구고 있었다.

— 고개를 그렇게 떨군다고 좋은 생각이 날 것 같은가, 내가 말했다.

— 이건 그냥 중력 때문이네, 가만히 있으면 자꾸만 고개가 한없이 아래로 떨구어지거든, 그가 말했다.

— 나는 입술이라도 깨물어봐야겠어, 입술을 깨물면 좋은 생각이 안 날 때도 있지만 날 때도 있거든, 확실히, 입술을 깨물거나 깨물지 않는 것은 좋은 생각이 나거나 나지 않는 것과 어떤 관계가 있어, 입술을 깨물며 내가 말했다.

그는 나를 본받아 그 역시 입술을 깨물었는데, 윗니로 아랫입술을 과장되게 깨물었다.

— 나 역시 마찬가지야, 하지만 나는 윗니로 아랫입술을 깨물고 있다네, 윗니로 아랫입술을 깨물어야 할 때와 아랫니로 윗입술을 깨물어야 할 때가 따로 있지,

난 그걸 구별해서 입술을 깨문다네, 무슨 생각이라도 해야 할 때는 윗니로 아랫입술을 깨물지만, 아무 생각도 하지 않아야겠다는 생각을 할 때면 아랫니로 윗입술을 깨물지, 내가 아는 한 그 효과의 차이는 확실히 있어, 그가 말했다.

— 그런 말을 하다니, 자네가 이상하게 생각되는군, 내가 말했다.

— 이런 얘기는 그만하고, 우리가 생각하려던 것을 계속해서 생각을 해보세, 그가 말했다.

— 뭘 생각하려 했었지, 내가 말했다.

— 멍청하긴, 그걸 그사이에 잊었단 말야, 그가 말했다. 그런데 그게 뭐였는지 나도 잊어버렸어. 자네와 얘길 하다 보면 곧잘 이런 일이 일어난단 말야.

— 아, 생각이 났어. 우리는 우리가 함께할 수 있는 일에 뭐가 있을까를 생각하고 있었어, 우리가 할 수 없는 일에는 뭐가 있을까를 생각하고 있었던 게 아니고, 내가 말했다.

— 그랬지, 어떤 때는 자네가 나보다 낫게 여겨지는 때도 있단 말야, 하지만 그런 순간에도 내가 자네보다 못하다고 여겨지지는 않아, 그가 말했다.

우리는 다시 생각에 잠겼다.

─ 아무리 생각해도 좋은 생각이 날 것 같지 않군, 내가 말했다.

─ 생각을 할수록 더 아무 생각도 안 나, 생각을 할 때가 따로 있는 것 같아. 자네는 어떤가, 그가 말했다.

─ 하려면 할 수도 있지만 하기가 쉽지가 않아, 한데 지금 우리는 우리가 할 수 없는 일을 하려들고 있다는 생각이 드는군, 내가 말했다.

─ 우리 자신을 너무 과소평가하지 마세, 내 생각에 따르면, 우리는 약간은 우리를 과대평가할 필요가 있네, 어쨌든 우리는 우리의 능력의 한계가 어느 정도인지도 모르잖아, 그리고 우리의 능력의 한계가 우리의 한계는 아닐 거야……, 그런데 이 말은 왜 하고 있는 거지, 그가 말했다.

─ 내게 좋은 생각이 있네, 우리 그 생각은 그만하도록 하지, 내가 말했다.

─ 나는 계속 생각을 해보겠네, 그가 말했다.

─ 그럼 계속 생각을 해 끝내는 좋은 생각을 해보게, 내가 말했다.

─ 아, 좋은 생각이 났어, 자네의 그 말에 좋은 생각

이 났네, 그가 말했다. 그는 기쁜 표정을 지으며, 두 손으로 두 무릎을 두드렸다.

— 그게 뭔가, 내가 말했다.

— 아냐, 문득 노래를 같이 부르거나, 아니면 서로 등을 맞대고 낮잠을 자도 좋겠다는 생각이 들었지만, 그런 건 안 했으면 좋겠네. 기분을 달래기 위해 노래를 한 후면 오히려 기분이 더 나빠지는 경우가 종종 있거든. 그리고 자네가 내 등 뒤에 누워 있다는 생각을 하면 도무지 잠이 오지 않을 거야, 그가 말했다.

— 조금 말이 되는 말을 할 수는 없나, 아니면 말은 안 되지만 그걸 받아들이는 과정에서 말이 될 수도 있는 말을 하거나, 내가 말했다.

— 아, 다시 괜찮은 생각이 났어, 그가 말했다.

— 이번에는 또 뭔가, 웬만하면 그 괜찮은 생각을 말하지 않을 수는 없겠나, 내가 말했다.

그는 호주머니에서 반은 썩은 사과 하나를 꺼냈다.

— 우리 둘이서 이걸 해치우는 일을 하는 걸세, 점심을 먹은 후 먹으려던 거야, 그가 말했다.

— 그런데 왜 아직 먹지 않았나, 나와 나눠 먹으려고 지금까지 갖고 있었던 건 아닐 테고, 내가 말했다.

— 아직 점심을 먹지 못했거든, 그가 말했다.

— 한데 항상 그렇게 주머니 속에 사과를 넣고 다니나, 내가 말했다.

— 오늘은 사과가 들어 있었고, 그래서 사과를 꺼냈지만, 바나나가 들어 있어 바나나가 나올 때도 있다네, 그리고 경우에 따라서는 배가 들어 있어 배 아닌 다른 것은 꺼내지 못하는 때도 있다네, 또 다른 경우에는 내 예상을 뒤엎고 감이 나올 때도 있는데, 그럴 때면, 나는, 이 감이 왜 여기 있지, 하고 말을 하며 꺼낸다네, 그렇게 내 예상을 깨고 뭔가가 나올 때면 기분이 좋아지지, 그가 말했다.

— 그 썩은 사과는 어디서 났나, 내가 말했다.

— 나도 모르게 내 수중에 들어오게 되었다네, 그가 말했다.

— 옛날의 못된 습관을 못 버리고 어디서 슬쩍 한 모양이지, 내가 말했다.

— 내, 장담하건대, 이 사과에게 그런 일은 없었네, 사과에게 그런 일이 없었다면 나 또한 그런 짓을 했을 리 만무하고, 그가 말했다.

— 썩을 대로 썩었군, 내가 말했다.

— 썩지 않은 부분도 있다네, 그가 말했다.

그 말을 하며, 그는 썩지 않은 쪽을 내 쪽으로 향하도록 돌렸는데, 내 쪽으로 향한 쪽도 일부가 썩어 있었다.

— 이 시기엔 다 이 모양일 수밖에 없지, 제철이 아니니까, 그가 말했다.

그런 다음 그는 다른 호주머니에서 이가 빠진 칼 하나를 꺼내, 썩은 부분을 잘라낸 다음 사과를 깎기 시작했다. 그의 손이 떨리며, 껍질뿐만 아니라 과육까지 깎아냈다.

— 마치 자네는 잘못된 일이 일어나기를 바라는 것처럼 사과를 깎는 것 같군, 내가 말했다.

— 그런가, 그런데 사과를 깎는 사이에 일어날 수 있는 잘못된 일에는 뭐가 있을까, 사과를 깎지 않는 동안에는 결코 일어날 수 없는 어떤 잘못된 일이 사과를 깎는 동안 일어날 수 있을까, 그가 말했다.

그는 좀 더 정성을 다해 깎았지만 손은 더 심하게 떨렸고, 결국에는 사과를 떨어트렸다.

— 중력의 힘은 자네가 손에 쥔 사과에서도 작용을 한다는 것을 보여주기 위해서 그것을 떨어트린 건가, 아니면 사과가 저절로 떨어진 건가, 아니면 자네의 의

지가 그 사과에 어떻게 작용하는지를 보고 싶어서였나, 아니면 사과를 깎지 않는 동안에는 결코 일어날 수 없는 어떤 잘못된 일이 사과를 깎는 동안 일어날 수 있는지를 확인하고 싶었던 건가, 그것도 아니라면 다른 어떤 이유로 그것을 내던진 건가, 내가 말했다.

그는 사과를 향해서인지, 아니면 자신을 향해서인지, 아니면 나를 향해서인지 알 수 없는 욕설을 내뱉었다.

— 망할 놈의 자식 같으니라고, 그 말을 하며 그는 사과를 발로 찼고, 사과는 땅 위를 굴러갔다.

— 이제는 무슨 물리학의 법칙을, 그게 작용과 반작용의 법칙이었던가, 아니면 관성의 법칙이었던가, 보여주려는 건가, 내가 말했다.

그는 내 말에는 대꾸를 하지 않고, 재빨리 자리에서 일어나 사과가 있는 곳으로 가 그것을 집어들었다.

— 그냥 버리지, 그걸 다시 먹겠다는 건가, 내가 말했다.

— 버릇이라곤 없는, 이 괘씸한 사과 같으니라고, 버릇을 고쳐줘야지, 그가 소리쳤다.

그는 사과를 내동댕이치려다 말고, 동작을 중단했

다.

— 아니지, 사과의 잘못이 아니지, 나와 사과 사이에 이런 일이 일어난 건 자네가 그런 얘기를 해서라네, 그가 말했다.

— 중력 얘기를 해서 말인가, 내가 말했다.

— 아니, 그건 사과가 떨어진 다음에 한 얘기네, 중력이 지구의 모든 것을 지배하고 있다고 해도 이미 일어난 일에 대해서까지, 아니, 일어날 일에 대해서까지인가, 어쨌든, 영향을 미치지는 못하네, 내가 사과를 떨어트린 것은, 자네가, 마치 내가 잘못된 일이 일어나기를 바라는 것처럼 사과를 깎고 있다고 해서네, 그가 말했다.

— 그래, 그렇게 생각하나, 그렇다면 내 잘못이라고 해두지, 내가 말했다.

하지만 그는 금방 화가 풀렸다.

— 화를 내서 미안하네, 하지만 살다 보면, 사과를 깎다가 화를 내야 하는 것과 같은 일도 있는 법이라네, 그가 말했다.

— 이해하네, 내가 말했다.

— 하지만 정작 화가 나는 일은 화를 내야 마땅한 일

에는 화가 안 난다는 걸세, 나는 화가 나야 마땅한 일에, 그리고 화가 날 준비가 되었을 때 화가 나고 싶을 뿐이네, 그가 말했다.

그의 손은 더 떨리고 있었다.

— 내가 깎는 게 좋지 않을까, 내가 말했다.

— 그럴 수는 없네, 그는 절대로 그 일만은 양보할 수 없다는 듯 단호하게 말했다.

— 전에는 용서할 수 있었는데 요즘 들어서는 용서할 수 없게 된 것이 있어, 이렇게 사과가 내 손에서 떨어지는 것과 같은 일이 그래, 그리고 전에는 용서할 수 없었는데, 요즘 들어서는 용서할 수 있게 된 것도 있지, 내가 이런 일에 화를 내는 게 그렇지, 그래서 나는 내가 사과를 떨어트린 후 화를 내는 것을 용서할 수 있지, 내 말을 이해하겠나, 그가 말했다.

나는 이해를 하려고 애를 썼고, 조금은 이해를 할 수 있지만 전부를 이해할 수는 없었다.

— 결국 자네가 화가 났다는 걸 말하고 있는 것 아닌가, 그런데 자네의 손이 마치 보란 듯이 떨리고 있군, 내가 말했다.

— 자네가 보고 있으니까 더 떨리는군, 어쩌면 내가

보고 있어 떨리는지도 모르지, 하지만 사과를 보지 않고 깎을 수는 없잖아, 그가 말했다.

마침내 그는 사과 깎기를 끝냈다. 그렇지 않아도, 반 이상이 썩어 먹을 것이 없던 사과는 거의 먹을 것이 남아 있지 않았다.

— 벌레는 없군, 그가 말했다.

— 벌레가 없어 아쉬운 모양이지, 나는 자네가 벌레까지 먹는지는 몰랐네, 내가 말했다.

그는 내 말에는 대꾸를 하지 않고, 애처로울 정도로 남은 사과의 반을, 아니 그의 반쪽이 좀 더 많게 잘라 내게 건네줬다. 나는 조심스럽게, 흙이 묻었나 살피며, 살짝 베어 물었다.

— 우여곡절 끝에 먹게 된 사과라 그런지 무척이나 맛있군, 그런데 먹을 게 없어, 내가 말했다.

— 아닐세, 꼭 그렇지도 않네, 그 말을 하며 그는 사과 속까지, 그리고 그 속에 든 씨까지 모두 삼켰다.

— 자네는 씨까지 삼키는군, 그건 이상하게 보이네. 뭐랄까, 어쩐지 그건 사람다운 일이 아닌 것처럼 여겨지네, 내가 말했다.

— 나는 어릴 때 사과를 먹으면서, 씨를 삼키면 그것

이 배 속에서 싹을 틔워, 가지가 내 몸을 뚫고 밖으로 나올지도 모른다는 생각에 무서움을 느끼곤 했지, 그는 슬쩍 딴 얘기를 했다.

— 이 얘길 아나, 과거에 중국인들은 고문을 하면서 죄수에게 물을 잔뜩 마시게 한 후 죽순을 강제로 먹여, 그것이 싹이 자라나 몸을 뚫고 나오게 하기도 했지, 내가 말했다.

— 정말인가, 괜찮은 방법이군, 나도 한번 시도를 해보고 싶군. 몸을 뚫고 나온 죽순을 다시 먹을 수도 있겠네. 그런데 자네는 별걸 다 아는군, 이렇게, 자네에게도 배울 게 있는 걸 보면 세상의 모든 인간에게는 나름대로 뭔가 배울 게 있다는 말은 사실인 것 같단 말야, 그가 말했다.

— 그런데 자네는 왜 씨까지 먹는가, 그게 무서웠다며, 내가 말했다.

— 설명하기 곤란하네, 그런데 왜 자네는 씨를 먹어서는 안 된다고 생각하나, 그가 말했다.

— 자네의 표현을 빌어, 설명하기 곤란하다는 말을 하고 싶군, 내가 말했다.

사과를 모두 먹은 그는 만족스런 표정을 지었지만,

곧 그 표정은 불만스러운 것으로 바뀌었다. 그는 배가 부른 듯, 혹은 배가 아픈 듯 배를 어루만졌다.

— 배가 아픈가, 내가 말했다.

— 아니, 그가 말했다.

— 그럼 배가 불러서인가, 내가 말했다.

— 아니, 그냥 만지는 거라네, 그가 말했다.

— 자네는 지금, 살다 보면 이유 없이 배를 어루만져야 할 때도 있다는 듯 배를 어루만지고 있군, 내가 말했다.

— 자네가 뭐라고 해도, 나는 지금 배를 만지고 있고, 다시 만지고 싶을 때면 만질걸세, 어쨌든 내 배는 내가 만지고 싶을 때 만지라고 있는 거니까, 다시 배를 만지며 그가 말했다.

내가 장난스럽게 그의 배를 만지려 하자 그는 두 손으로 배를 가렸다.

그사이 그는 숨을 가득 들이쉰 다음 숨을 멈추고 있었다. 그의 얼굴이 분을 참지 못하는 사람의 얼굴처럼 붉으락푸르락해졌다.

— 내 허파 속의 공기를……, 그가 숨이 넘어가는 소리로 말했다.

— 무슨 일인가, 내가 말했다.

— 밖으로 내보내야 할 것 같네, 그가 말했다.

— 난 말리지 않겠네, 내가 말했다.

— 참느라고 혼이 났네, 그는 깊게 숨을 내뱉으며 말했다. 이러고 나면 살 것 같거든.

— 그래서 어떻다는 건가, 내가 말했다.

— 그래서 뭐가 어떻다는 건 아닐세, 그가 말했다.

나는 이 바보가 또 어떤 괴상한 짓을 할지 궁금했고, 두고 보면 알게 되겠지, 하는 생각을 했다. 나는 나 또한 그가 하는 허튼짓을 능가하는 짓을 할 수는 없을까를 생각했지만 그럴듯한 생각이 떠오르지 않았다. 그 점에 있어 그를 따를 수가 없다는 사실에 약이 올랐다.

— 자네가 궁금해할 것 같아 하는 얘긴데, 그 후로 나는 한동안을 숨어 지냈다네, 그가 말했다.

— 하나도 궁금하지 않네, 그런데 그 후 어떻게 됐나, 내가 말했다.

— 하지만 누구도 나를 뒤쫓지 않는다는 것을 알고는, 어머니 집에 가 그녀와 함께 살았지, 고맙게도 그녀는 내가 바란 것보다 빨리 죽어줬어, 불쌍한 여자였지, 나는 어머니를 잃은 슬픔에 눈물을 짜내려고 애를 쓰기까지 했다네, 그가 말했다.

— 혈통이 문제이긴 하지만, 혈통이 문제의 전부는 아니지, 내가 말했다.

— 그게 무슨 말인가, 그가 말했다.

— 나도 모르겠네, 내가 말했다.

— 제발 자신도 모르는 얘기는 하지 않을 수 없나, 또다시 그런 얘기를 하면 가만두지 않겠네, 그런데 그녀는 만우절을 하루 남겨놓고 죽었지, 그가 말했다.

— 하루를 일찍 죽었군, 어쨌든 고인의 명복을 빌고 싶네, 자네가 원한다면 말이지만, 내가 말했다.

— 고맙네, 한데 왜 만우절이 일 년에 하루뿐인지 모르겠어, 오히려 일 년 중 하루를 빼고는 모든 날이 만우절인 게 더 나을 텐데, 그가 말했다.

— 그게 무슨 상관인가, 자네는 일 년의 모든 날들을 만우절처럼 살지 않나, 자네는 부득이한 경우를 빼면 솔직한 때가 없지, 내가 말했다.

— 그런데 자네의 모습을 보니, 결코 멋진 인생을 살아온 것 같지는 않군, 또다시 말을 돌리며, 그가 말했다.

— 그렇게 보이나, 그래, 사실이야, 모든 게 나의 생각과는 달리, 나의 생각을 무시하는 방향으로 일어났지, 모든 게 꼬이기만 했지. 아니, 어쩌면 내가 꼬일 대

로 꼬이게 해서 그 꼬인 상태가 더 이상 푸는 것이 불가
능해져 풀지 않아도 되게 한 것 같기도 해, 어쩐지 나는
나 스스로 나 자신을 모함에 빠트린 것 같기도 해, 내가
말했다.

— 어떻게, 그가 말했다.

— 얘기하고 싶지 않네, 내가 말했다.

— 그럼 얘기하지 말게, 듣고 싶지 않으니까, 절대로
뭔가를 있는 그대로 바라보려 하지 않는, 어떻게든 뭐든
뒤틀어, 뒤틀리게 보려는 자네의 고집스런 태도가 자네
의 인생까지 뒤틀리게 했는지도 모르지, 그가 말했다.

그런 다음 그는 호주머니에서, 사과를 꺼낸 호주머
니와, 칼을 꺼낸 호주머니와는 다른 호주머니에서 어떤
종이 봉지를 꺼내 내 쪽으로 건넸다. 그가 내민 봉지 안
에는 강냉이 튀긴 것이 들어 있었다.

— 코끼리에게 주려고 준비한 건데, 먹을 텐가, 그가
말했다.

— 코끼리에게 주려던 것을 내게 주겠다고, 자네의
코끼리에게나 갖다주게, 내가 말했다.

강냉이는 튀긴 지 오래된 듯 눅눅했고, 엉겨붙어 있
었다.

— 보기에는 그래도 먹으면 맛있네. 그리고 이렇게 강냉이말고는 다른 먹을 것이 없을 때면 더 맛있지, 그가 말했다.

— 과연 이걸 먹어야 할지 결정을 내리는 데 시간이 필요하다는 생각이 드는군, 그 말을 하면서도 나는 손이 봉지 쪽으로 가는 것을 막을 수가 없었다.

— 안 먹을 텐가, 그가 말했다.

그는 봉지를 다시 가져가려고 했다.

— 먹겠네, 그 말을 하며 나는 얼른 봉지를 다시 내 쪽으로 가져왔다.

나는 처음에는 한 알씩을, 조금 후에는 두 알씩을, 그 다음에는 세 알씩을, 그리고는 한 움큼을 집어 먹었다.

— 생각만큼, 아니 생각보다도 더 맛이 없지만, 자네의 성의를 생각해 먹어주는 거네, 내가 말했다.

— 고맙기도 하군, 그가 말했다.

곧 봉지는 거의 비게 되었고, 제대로 튀겨지지 않은 딱딱한 강냉이 알갱이만 남게 되었다.

— 다 먹지는 말고 조금은 남겨놓게, 코끼리의 원망을 듣고 싶지는 않으니까, 그는 봉지 속을 들여다보며 말했다.

— 조금밖에 남지 않았는데, 내가 말했다.

— 그러니까 더 먹지 말게, 그가 말했다.

그는 봉지를 도로 가져갔고, 나는 아쉬운 표정으로 봉지를 바라보았다.

— 그런데 자네는 내게 줄 만한 것이 없나, 나는 사과에다 강냉이까지 줬는데, 그가 말했다.

— 미처 준비를 하지 못했네, 내가 말했다.

— 누군가 아는 사람을 만나게 될 수도 있다는 생각에 일부러 준비를 하지 않은 건 아니고, 그가 말했다.

— 내가 아는 한 그런 일은 없었네, 내가 말했다.

— 그런데 사람들이 코끼리에게 강냉이를 주는 것을 본 적이 있나, 그가 말했다.

— 물론이지, 내가 말했다.

— 코끼리는 몇 시간이고 제자리에 서서, 긴 코를 이용해, 사람들이 몇 알씩 주는 강냉이를 받아먹지. 언젠가 한번은, 나는 꼼짝도 않고 두 시간 동안 그걸 구경했는데, 그 두 시간 동안 코끼리 역시 꼼짝도 않고 서서 강냉이를 받아먹고 있었다네. 나는 그걸 보면서, 이 거구의 동물은 도대체 강냉이를 얼마를 먹어야 배가 부를까, 그리고 강냉이를 먹느라고 육중한 몸을 지탱하고

서 있는데 필요한 힘을 얻으려면 얼마나 많은 강냉이를 먹어야 할까, 하고 궁금해했다네, 그가 말했다.

— 언제 나도 코끼리에게 강냉이를 주면서 그런 생각을 해봐야겠군, 그런데 혹시 자네는 코끼리를 힘들게 하려고 강냉이를 주는 건 아니겠지, 내가 아는 자네는 선행을 베풀 때조차도 악의를 갖고 그러는 것 같단 말야, 내가 말했다.

— 나는 그런 사람이 못 되네, 누구와는 달리, 그런데 코끼리에게 줄 강냉이를 다 먹어버려서 어떻게 하지, 그가 말했다.

— 코끼리한테는 자네가 다 먹어버렸다고 하게, 내가 말했다.

— 다음번에는 평소의 두 배를 갖다줘야지. 이따가 코끼리를 만나면 두 배를 갖다주겠다는 것을 잊지 말고 말해주고, 그렇게 하는 것을 잊지 말아야지. 코끼리는 내가 강냉이를 주는 것을 좋아해, 내 말은, 다른 사람이 주는 것보다 내가 주는 것을 더 좋아한다는 뜻이야, 그가 말했다.

— 그 코끼리는 자네에 대해 아직 잘 모르는 모양이군, 내가 말했다.

— 그런데 또 한번은 이런 일도 있었지, 그는 또다시 내 말은 무시하며 얘기를 했다.

그런데 그에 의해 그렇게 무시당하고 있다는 생각이 들자 명랑한 기분이 들었다.

— 어느 날 나는 사자 우리 앞에 오래도록 서 있었는데, 문득 어떤 생각에 우리 가까이 다가갔고, 쇠창살 사이로 팔을 들이밀었지. 나는 내가 충분히 예상할 수 있는, 하지만 나의 눈을 의심케 할 어떤 일이 나의 목전에서 일어나기를 기대했지. 수사자가 입을 쩍 벌리고 내게로 어슬렁거리며 다가왔어. 나는 나의 팔이 떨어져나가는 것을 상상했지. 하지만 그때 동물원지기가 달려와 나를 우리에서 떼어놓았어. 그렇게 해서 내 가까이 다가왔던 기적은 나를 비켜 가버렸지, 대신 동물원지기로부터 욕설을 실컷 들어야 했지, 그가 말했다.

— 아쉬운 일이군, 동물원지기한테서 욕설을 들은 것은 잘한 일이지만, 내가 말했다.

잠시 우리는 아무 말도 않고 앞쪽을 바라보고 있었다. 나는 점점 더 그와 함께 있는 것이 견딜 수가 없었지만 그것을 견디고 있었다. 견딜 수 없는 것을 견딜 수 있다는 게 견딜 수가 없군, 나는 중얼거렸다.

— 내가 재미있는 얘기 하나 해줄까, 재미있을지는 모르겠지만, 그가 말했다.

— 재미없어도 괜찮네, 아니, 재미없기만 해보게, 안 들은 걸로 할 테니까, 내가 말했다.

— 어제저녁 집에 돌아가던 길이었네, 그는 눈을 반짝이며 말했다. 내 집 근처 골목을 지나가는데, 어떤 아이가, 아마 일곱 살쯤 됐을 거야, 어둠 속에서 혼자서 요요를 하고 있는 게 보이더군. 무슨 이유에선지는 모르겠지만, 요즘 들어 요요가 유행하고 있단 말야. 그런데 그 요요는 어둠 속에서 빛을 내는 야광이었지. 나는 잠시 걸음을 멈추고 그 아이의 뒤쪽에 서서 그가 요요를 하는 것을 한참 동안 지켜보았어. 눈을 뗄 수가 없었어. 마치 손을 뗄 수 없는 어떤 일을 할 때처럼, 그렇게 오랫동안 바라보았지.

— 노려보면서, 내가 말했다.

— 아닐세, 아주 정감 어린 눈으로……, 그가 말했다.

나는 내 앞에 있는 자를 힐끗 쳐다보았다. 그는 약간 고개를 위쪽으로 치켜든 채로 미소를 짓고 있었다.

— 조그만 것이 아주 능숙하게 하더군. 아이가 나지

막이 어떤 노래를 부르고 있다는 것도 그 순간에 처음 깨달았어. 그 노래는 내가 들어본 적이 없는 것이었는데, 어쩐지 슬프게 여겨지는 것이었어. 그런데 갑자기 그 광경이 참을 수 없게 느껴지는 거였어. 그냥 놓아두어서는 안 된다는 생각이 들었어. 아이의 그 자연스런 행동이 괘씸하게 여겨진 거지.

나는 그를 똑바로 쳐다보았다. 나는 내가 노력할 경우, 그와 가까워지는 것이 가능한지를 보고 싶었던 것이다.

— 그래서 나는 전혀 아무런 망설임 없이, 그 아이의 뒤통수를 한 대 갈긴 후 그의 손에서 요요를 빼앗았지. 참을 수가 없었어, 그가 말했다.

나는, 이걸, 어쩌지, 자네가 마음에 들려고 하는데, 하는 말을 간신히 참았다.

— 그 심정을 이해할 수 있겠나, 그가 말했다.

— 이해할 수 있어. 명백한 이유 없이, 누군가가, 또는 뭔가가 무작정 무찔러야만 하는 상대처럼 여겨지는 경우가 있지, 내가 말했다.

— 무찌른다고? 재미있는 표현이군. 그래, 그게 정확한 표현이야. 어쩌면 스스로 빛을 자아내는 것들이 나

를 기죽게 만들기 때문이었는지도 모르겠어. 그런 다음 무슨 일이 있었는지 짐작할 수 있겠어, 그가 말했다.

— 발광체를 보면 기가 죽는다고? 아이가 울음을 터트렸고, 자네는 정신없이 도망을 쳤겠지, 내가 말했다.

— 아닐세. 아이는 아무 말도 하지 못하고 나를 바라보고 있더군. 나는 그 아이의 요요를 내 바지 호주머니 속에 집어넣고, 유유히 그곳을 떠났지. 내가 뒤를 돌아보았을 때, 아이는 마치 자신에게 일어난 일을 이해할 수 없다는 듯, 그냥 나를 물끄러미 바라보고 있더군.

— 그 요요는 어떻게 되었나, 내가 물었다.

나는 우리가 자연스럽게 얘기를 나누고 있다는 것이 이상하게 여겨졌다.

— 그것은 지금 내 바지 호주머니 속에 가만히 들어 있지, 나의 보호를 받으며, 그가 말했다.

그는 호주머니 속에서 요요를 꺼낸 다음, 미처 내가 그것을 보자고 하기도 전에 다시 주머니 속에 넣어버렸다.

나는 웃음을 터트렸다. 그의 그 일화는 재미있게 다가왔다.

— 자네가 마음에 든다고 얘기하려 했던 것은 아니지만 그렇게 얘기하겠네, 내가 말했다.

— 나 때문에 웃는 것을 보는 것이 기분이 좋군, 그가
말했다.

나는 웃음을 멈출 수가 없었다.

— 나도 한번 그래보고 싶군. 자네의 사랑스런 심술
은 여전하군, 내가 말했다.

— 더 심해지지는 않았지. 그런데 어떤 순간, 나중에
가서 반드시 후회하게 될 어떤 일을 하고 싶은 충동이
느껴지는 때가 있단 말야. 어쩌면 그 순간에도 그랬는
지 모르겠어, 그가 말했다.

— 후회가 되나, 내가 말했다.

— 아니. 아니, 후회가 돼. 후회하지 않을 일을 한 게
후회가 된다고 말하고 싶군.

그는 나를 쳐다보며 웃음을 지었다. 그의 웃음이 그
다지 싫지 않았다. 나는 처음으로 그와 친구가 될 수도
있을 것 같다는 생각을 했다. 그러고는 그에게 그의 요
요를 다시 한 번 보여달라고 하거나, 아니면 그것을 강
제로 뺏을까 하는 생각을 했지만, 그건 너무 귀찮은 일
로 여겨졌다. 그는 뺏기지 않으려고 안간힘을 다할 것
이 분명했다. 그는 그의 물건에 대한 집착이 대단했다.
그사이 그는 내가 그런 생각을 하는 것을 모르는 듯 아

무 말도 없었다.

— 나는 나 자신이 점점 이상해지고 있다는 것을 알
수 있어. 아니, 어쩌면 나 자신이 어떤 이상한 일을 일어
나게 하고 있는 것만 같아. 나 자신을 더욱 모르게 되어
가고 있는 것 같단 말야……. 아무런 문제도 없는 상태
가 계속되는 게 두려워. 변화하지도, 진화하지도 않는,
전개도 반전도 없는, 다만 끈질기게 유지되는 생이 있
을 뿐이지……. 나는 내 운명의 매듭을 저주 속에서 풀
어가고 있는 것 같아……, 그는 혼자 중얼거리듯 얘기
를 하고 있었다.

그때 나는 조금 전 그가 요요에 관해 한 얘기가 떠올
랐고, 다시금 웃음을 터트렸다.

— 내 말이 그렇게 우습게 느껴지나, 그는 나를 흘낏
쏘아보며 말했다.

— 아, 아니, 자네의 그 진지한 이야기 때문이 아닐
세, 내가 말했다.

— 나의 삶은 어느 한순간, 작은 충격에도, 아니, 아
무런 충격이 없이도 완전히 무너져내릴 수도 있는 허술
한 구조를 갖고 있는 것처럼 여겨져. 내가 조금은 이해
할 수 있었던, 그것을 조금이나마 이해할 수 있다는 것

이 이해하기 어려웠던, 아무것도 이해할 수 없었다는 것이, 다시 말해, 아무것도 이해할 수 없다는 명백한 사실을 조금은 이해할 수 있었다는 것이 옳을, 이 삶, 그것은 처음부터 없었던 것이나 마찬가지인지도 모르겠어. 그 시작에서부터 무산된 이 삶은 살지 않은 것과 마찬가지인지도 모르지. 내게 있어 삶이 의미 있었던 것은 그것이 무의미하다는 사실을 확인하는 한에서였을 뿐이야, 그가 말했다.

그사이에도 나는 웃음을 멈출 수가 없었다. 이제 그는 화가 난 사람처럼 나를 노려보았다. 나는 내 무릎을 힘껏 누른 다음에야 가까스로 웃음을 억누를 수 있었다.

— 결말이란 두려운 거야, 그 두려운 결말을 끝없이 지연시키는 것이 바로 삶이지, 그는 중얼거리듯 말했다.

이제 그의 얼굴은 마치 스스로를 벌하는 사람처럼 심각하게 변해 있었다. 나는 내가 웃은 것에 대한 그의 오해를 풀고 싶었지만, 그의 표정이 너무도 엄격해 보여, 나는 감히 말을 꺼낼 수가 없었다.

— 자네는 벗어나려 하지만, 자네를 사로잡고 놓아주지 않고 있다고 생각하는 것들이 자네에게 그럴 수 있는 것은 자네가 그것을 허용하기 때문은 아닐까, 나

는 혼잣말을 했다.

우리는 한참 동안 아무 말 없이 앉아 있었다.

― 자네, 무슨 생각을 하고 있나, 내가 침묵을 깨며
물었다.

― 자네의 오리궁둥이를 생각하고 있었네, 그가 말
했다.

― 역시 자네는 내 생각대로 나를 놀리고 있었군. 자
네는 정말이지 고약한 사람일세, 전에도 틈만 나면 나
를 놀리려들었지, 내 모습을 두고. 자네의 얘기가 나의
마음을 상하게 할 수도 있다는 생각이 조금도 자네의
마음을 아프게 하지 않는 모양이지, 내가 말했다.

― 미안하지만 그렇다네, 그가 말했다.

― 괜찮네, 자네의 그런 점이 마음에 드네. 내게는 내
가 원할 때 나를 놀려주는 사람마저도 없거든, 내가 말
했다.

― 내가 자네를 노렸다고, 자네의 목숨을, 그가 말했
다.

그는 귀가 나보다도 더 먹어 있었다.

― 이건 웃어야 할 일이군, 하고 나는 웃음을 지으며
말했다.

— 내 생각은 달라, 하지만 자네가 원한다면 나도 웃겠네, 그 말을 하며 그는 웃었다. 하지만 곧 그는, 어쩐지 얼빠진 느낌이 드는 웃음이군, 하고 말하며, 웃음을 멈췄는데 단단히 화가 난 표정이었다. 얼빠진 웃음을 웃고 나면 이렇게 화가 난단 말야, 그가 말했다.

— 그건 화가 날 이유로는 대단히 적절한 것이군, 내가 말했다.

그는 아무 말이 없었다. 나는 나의 생각을 무색하게 하는 나른한 여름 오후의 동물원 풍경을 말없이 바라보았다. 긴 순간이 말없이 지나갔다.

— 우리 사이가 좀 더 멀어지게 할 수는 없을까, 내가 말했다. 지금도 충분히 멀지만.

— 나도 노력 중이라네. 그게 생각만큼 쉽지는 않지만, 그가 말했다.

우리는 다시 한참 동안 아무 말이 없었다. 나는 아무 말 없이 그를 내버려두고 갈까를 생각했지만, 조금만 더 있기로 했다.

— 내가 하고자 하는 얘기를 하도록 내버려둘 수는 없나, 갑자기 그가 짜증을 내며 말했다.

— 나는 아무 말도 하지 않았네, 자네도 아무 말도 하

지 않았고, 내가 말했다.

— 내가 그랬나, 그가 말했다.

이자는 내 안에 충만해 있는 짜증을 한없이 부풀리고 있군, 그것에 대해 고마운 적도 있었지만 지금은 아냐, 하고 나는 생각했다.

— 자네, 무슨 생각을 하고 있었나, 그가 말했다.

— 자네의 좋지 않은 점에 대해 생각하고 있었네, 내가 말했다.

— 그래서 무엇을 생각해냈나, 그가 말했다.

— 자네에게는 좋지 않은 점이 많다는 거지, 내가 말했다.

— 나의 가장 좋지 않은 점은 뭔가, 그가 말했다.

— 가장 좋지 않은 건 자네의 좋지 않은 점 중 어떤 것이 아니라 바로 자네 자체라는 생각을 했네, 내가 말했다.

그는 잠시 자신의 좋지 않은 점에 대해 생각해보는 듯 아무 말이 없었다.

— 어쩌면 자네는 내가, 아니면 자네가 생각하는 것보다는 나은 사람인지도 몰라, 나쁜 게 나은 거일 수도 있다면 말이지만, 내가 말했다.

그는 아무 대꾸를 하지 않았다. 우리는 서로 누군가가 먼저 말을 꺼내기를 기다리는 사람들처럼 가만히 있었다.

— 지금은 무슨 생각을 하나, 그가 말했다.

— 아무 생각도 나지 않는 순간이 오면 얼마나 좋을까를 생각하고 있네, 내가 말했다.

점차 머릿속이 흐리멍덩해지며, 나는 나의 모든 생각이, 잠정적으로, 아니 영원히 정지해버릴 것만 같았다.

— 우리 손이라도 한번 잡아보는 건 어떨까, 어떤 기분인지 보고 싶어, 그가 손을 뻗으며 말했다.

— 싫네, 내가 말했다.

— 나도 싫네, 자네가 싫어하는 일을 하는 건 나도 싫네, 그가 말했다.

나는 이제 정말로 이자와 작별을 고하고, 내가 갈 만한 어디든 가고 싶었다. 나는 마음속으로는 이미 자리에서 일어나 걸음을 옮기고 있었지만, 여전히 엉덩이는 벤치 위에 달라붙어 있었다.

나는 슬쩍 옆으로 고개를 돌려 그를 쳐다보았는데, 그는 땀을 비 오듯 흘리고 있었다.

— 지금 자네 구슬땀을 흘리고 있군, 내가 말했다.

― 그래, 비지땀을 흘리고 있지, 그가 말했다.

― 그런데 왜 이걸 비지땀이라고 했을까, 그는 땀을 닦으며 말했다.

― 내 생각에 따르면, 그건 누군가가 그걸 비지땀이라고 해도 좋을 것 같다는 생각을 해서야, 그리고 그 말을 들은 다른 사람들이 이의를 제기하지 않아서야, 모든 말이 생겨난 것은 그렇게 해서지, 그걸 사회적 합의라고 하는 거야, 내가 말했다.

― 유식한 척하긴. 그런데 이걸 오줌땀이라고 할 수는 없었을까, 마치 지금 온몸으로 오줌을 누는 것 같거든. 이제부터 나는 오줌땀이라고 해야지, 그가 말했다.

― 그런 말은 있을 수 없는데, 그건 내가 합의를 할 수 없기 때문이지, 내가 말했다.

― 어쨌든 나는 오줌땀이라고 부르겠네, 내가 오줌땀을 흘리고 있군, 하고 말하면, 구슬땀, 혹은 비지땀을 흘리고 있다는 걸로 이해해주게, 그가 말했다.

― 나는 차라리 강냉이땀이라고 부르겠네, 자네가 강냉이땀을 인정해주면 나도 오줌땀을 인정해주겠네, 내가 말했다.

― 자네는 아직도 강냉이 생각을 하고 있군, 하지만

자네한테 줄 강냉이는 더 이상 없네, 그가 말했다.

결국 우리는 그가 흘리는 비지땀을 오줌땀과 강냉이 땀으로도 부를 수 있다는 데 합의를 했다.

— 때로 나는 하루 동안 만나는 사람들에게 조리가 닿지 않는, 그들이 전혀 알아들을 수 없는 말만 하는 때가 있어. 그럴 때면 나 자신의 말이 결코 지루하지 않은 음악처럼 여겨지는 거야, 그가 말했다. 실제로 나는 사람들의 말에 귀를 기울일 수가 없어. 나는 사람들의 말에 관심이 없을 뿐만 아니라, 그보다도, 타인에 대해 관심이 없는 게 분명해.

— 자네의 그런 얘기는 자네에 대한, 별로 남아 있지 않은 흥미마저 잃게 만드는군, 내가 말했다.

그러자 그는 나를 가만히 쳐다보았다.

— 때로 나는 자네와 함께 있는 게 수치스럽게 여겨질 때가 있다네, 그가 말했다.

나는 갑자기 그럴 이유가 없음에도 수치심이 일었고, 그것을 좀 더 잘 느끼기 위해 붉게 달아오른 얼굴을 손바닥으로 감쌌다. 하지만 나는 나의 수치가 만족스럽지 않았고, 그것이 좀 더 완전한 모양을 갖추기를 바랐다.

우리는 잠시, 서로의 시선을 피하며, 서로의 시선이

마주치는 일이 없도록, 뿐만 아니라, 상대의 시선이 머무는 지점에 또 다른 상대의 시선이 머무는 일 또한 없도록 조심하며, 결국은 어디에다 시선을 둬야 할지 모르는 어색한 상태에 있었다. 나는 그 어색한 상태가 편안하게 여겨졌다. 가장 어려운 일은 시간을 가게 하는 일, 좀 더 정확히 말해, 의식적으로 가게 하는 일이라는 생각이 들었다.

나는 기회를 엿봐 자리에서 일어나려 했다. 그와 함께 있다는 생각이 참을 수 없었다. 하지만 끝내 유보되는 어떤 의지가 나를 그 장소에 고정시켜놓고 있었다. 나는, 네가 쉽게 받아들이기 힘든 이자와 함께 있다는 사실이 아니라, 그 사실에 대한 생각을 받아들이기가 힘든 것이라면, 너는 이자와 함께 있는 상황을 받아들여도 좋을 것이다, 라는 생각을 했다.

— 며칠 전 어느 날 밤늦은 시간에 집에서 나는 어둠 속에서 혼자 텔레비전을 보고 있었다네. 그런데 어느 순간 나는 나 자신이 그것을 보며 웃고 있다는 것을 발견했지. 그 순간 텔레비전에서는 그다지 우습지 않은 어떤 것이 방영되고 있었어. 갑자기 나는 혼자서 웃고 있는 나 자신이 너무도 기이하게, 아니 거의 두렵게 느

껴지기 시작했어, 그가 말했다.

　— 본래 웃음이란 다른 사람과 나눠 가지는 것이니까, 내가 말했다.

　— 그게 아냐, 그 순간 나는 나 자신에게 일종의 폭력을 행사하면서, 그것을 즐기고 있었던 것 같아, 그가 말했다. 폭력적인 것이 나의 마음을 어루만지고 가라앉혀주기도 하는 것 같아. 때로 나는 잔인한 상상을 하곤 하는데, 그것들은 나로서도 수긍하기 힘든 것들이지.

　— 어떤 상상을, 내가 말했다.

　— 말해줄 수 없네, 그가 말했다.

다시 우리는 갑작스런 침묵에 빠졌고, 느닷없는 침묵은 나를 곤혹스럽게 했다. 나는 그가 모르게 그를 노려보았다. 그러자 내 앞에 있는 사람이 한 인간으로 여겨지며 다가왔다. 나는 눈을 감아 그를 밀어냈다. 하지만 내가 눈을 떴을 때에도 그는 그대로 그 자리에 있었다.

　— 자네, 내가 하는 얘기를 듣지 않고 있군, 그가 말했다.

　— 아무 얘기도 하지 않았잖나, 내가 말했다.

　— 그건 자네가 내 얘기를 듣지 않아서야. 하긴 내가 아무 말을 하지 않은 것 또한 사실이지, 그가 말했다.

나는 나의 인내력을 발휘하는 것이 가능하지 않으리라고 생각한 곳에서 인내력이 발휘되고 있는 것을 이해하기 어려웠다.

— 내 손에 자네 손을 올려놓아도 좋네, 손을 올려놓는 것이 자네라는 생각을 하면 참을 수도 있네, 내가 말했다.

하지만 그가 손을 올려놓으려는 순간 나는 재빨리 손을 뺐다. 그는 골이 난 듯 나를 노려보았지만 곧 눈길을 돌렸다. 몇몇 사람들이 우리를 힐끔힐끔 쳐다보며 지나갔다. 우리는 사람들의 좋은 구경거리가 되고 있는 게 틀림없었다.

— 우리 그만 헤어질까, 아쉽긴 하지만, 그가 말했다.

— 그래, 내가 말했다.

— 아냐, 조금만 더 같이 있어, 그가 말했다.

— 내가 아는 나는 쉽게 그럴 수 있을 것 같지 않은데, 어렵게라면 모르지만. 아냐, 그렇게 하도록 하지, 지금 우리가 당장 헤어지는 것과 조금 있다가 헤어지는 것 사이에 차이는 없으니까, 내가 말했다.

그는 아무런 대꾸도 하지 않았다. 내가 다시 그를 쳐다보았을 때 그는 골똘히 자신의 너덜너덜해진 신발을 내려다보고 있었다.

— 뭘 하고 있나, 내가 말했다.

— 내 인생을, 이렇게 말하는 것이 가능한지는 모르겠지만, 응시하고 있는 걸세, 그가 말했다.

나는 속으로, 못 하는 말이 없군, 하고 생각했다.

— 나는 내가 마저 살아서는 안 되는 인생을 살고 있는 게 아닌가 하는 생각이 드네, 그가 말했다.

나는 점점 더 그가 하는 말들이 참을 수가 없었다. 나는 거의 인내력의 한계에 이르고 있었고, 내 눈에 비쳐지는 모든 것들이 창조주의 항문을 통해 배설된 배설물처럼 여겨졌다. 나는 주먹을, 뼈가 으스러질 정도로 불끈 쥐었고, 그 단순한 동작만으로도 환멸이 극대화되는 것을 지켜볼 수 있었다.

— 방금, 마저 살아서는 안 되는 인생을 살고 있는 게 아닌가 하는 생각이 든다고 말한 사람이 누구였지, 그가 오랜 침묵을 깨며 말했다.

— 자네였잖나, 내가 말했다.

— 그래서 하는 얘긴데, 왜 그게 내가 말한 것처럼 여겨지지 않는지 모르겠네, 왠지 나의 생각 가까운 곳에 누군가가 버티고 있는 것만 같단 말야, 그 누군가가 나

를 대신해 생각을 하는 것 같아, 그게 누구일까, 그가 말했다.

나는 그의 말을 주제넘은 것으로 단정을 지었다.

— 자네 죽음이 뭔지 아나, 그가 말했다. 죽음이란, 삶과 죽음이라는 추가 실린, 평행을 이루고 있는 저울 한쪽에 모래알 하나가 더 얹어져, 저울이 한쪽으로 쓰러지는 것과도 같은 거지, 그게 죽는다는 거야, 그게 죽음에 대한 나의 관념이지.

— 그런 말을 할 줄 알다니 제법이군, 나는 중얼거리듯 말했다.

— 뭐라고 했나, 그가 말했다.

— 죽는다는 게 제법이라고 했네, 내가 말했다.

— 그건 말이 되는군, 한데, 지금 문득 든 생각인데, 도대체 어떻게 말이라는 것이 가능할 수 있었을까, 사람들 사이에 말야. 그런데 자네는 헛게 보이거나 하지는 않나, 그가 말했다.

— 늘 보이지, 내가 말했다.

— 부럽군, 볼 수 없는 것들이 보이다니, 아직은 나는 가끔만 보인다네, 그가 말했다.

우리는 또다시 침묵에 빠졌다. 우리의 말은 계속해

서 끊겼다. 우리가 자꾸 그 안으로 굴러떨어지고 있는 침묵은 거추장스러운 것으로 여겨졌다.

— 내가 지금 머릿속으로 생각하는 것을 자네도 그 대로 생각할 수 있다면 좋을 텐데. 하지만 그건 가능할 수가 없지, 그가 말했다.

— 무슨 생각을 하는데, 내가 말했다.

— 뭐라고 말해줄 수 있는 게 아냐. 그 자체로도 어지럽지만 말로 하려는 순간 더 어지러워지는 생각들이지, 그가 말했다.

— 그런 생각들이라면 자네의 머리 밖으로 흘러나오지 않게 하게, 내가 말했다.

다시 우리는 혼자만의 생각에 잠겼다. 점점 더 우리 사이의 침묵은 길어졌다.

— 우리 언제까지 이러고 있을 건가, 내가 물었다. 그가 먼저 말을 꺼내지 않는 한 말을 하는 일은 없을 거라고 다짐을 했지만, 또다시 나는 말을 하고 있었다.

— 이러고 있는 것이 더 이상 참을 수 없을 때까지, 아니, 그 후로도 이러고 있을 수 있는 한 있도록 하지, 그가 말했다.

다시 우리는 한참 동안 아무 말이 없었다.

— 그런데 우리는 왜 이러고 있는 거지, 이 상태를 못 견뎌하면서도, 내가 말했다.

— 필요에 의해서일 거야, 우리는 이럴 필요가 있는 걸 거야, 그 필요란 게 뭔지는 모르겠지만. 세상의 모든 일은 그러한 일이 일어날 필요가 있기 때문에 일어나는 걸 거야, 그가 말했다.

— 그런데 자네 손 위에 내 손을 올려놓아도 되겠나, 갑자기 그럴 필요가 있는 것처럼 느껴졌어, 내가 말했다.

— 그럴 필요까지는 없네, 그리고 그건 아까 내가 하려 했지만 자네가 하지 않았던 일 아닌가, 그가 말했다.

— 그러니까 다시 해보잔 말일세, 내가 말했다.

— 이번만은 허용하겠네, 그가 말했다.

나는 내 손을 그의 손 위에 올려놓았다. 딱딱하고 거친 그의 손은 전혀 따스한 느낌을 주지 않았다. 그럼에도 나는 그의 손을 꼬옥 붙잡았다.

— 자네가 이렇게 손을 꼬옥 잡고 있으니 어떤 기억이 떠오르는군, 그가 말했다. 내 아버지를 기억하지?

— 어느 모로 봐도 별로 좋은 사람이 아니었지, 내가 말했다.

— 그렇게 생각하나, 그가 말했다. 모르겠어, 나는. 아

버지는 지금 정신병원에 있지. 지금도 가끔 나는 그를 찾아가곤 하는데, 그럴 때면 그는 내게 다음과 같은, 나 또한 잘 기억하고 있는 이야기를 해주곤 하지.

내가 아주 어렸을 때, 저녁 무렵 아버지와 함께 집에 돌아올 때면 그는 내 손을 꼬옥 쥐곤 했어. 어릴 때의 내 기억으로는, 아버지는 가족을 사랑하셨고, 무엇보다도, 자상한 분이셨지. 그는, 이제 조금만 더 가면 집에 도착한단다, 하고 말하시면서, 어둠 속에서 무서움을 느끼는 내가 안심을 하고, 기운을 내게 해주셨어. 나는 그의 곁으로 바짝 다가서며 내 손을 꼬옥 쥔 아버지의 손을 더 꼬옥 쥐었어. 아버지는 고개를 숙여 내 얼굴을 바라보며 미소를 지으셨지. 그런데 이상하게도 그런 순간이면 소름이 쫙 끼쳤어. 그러면 나는, 아버지, 이렇게 아버지의 손을 꼬옥 쥐고 있으면 아버지가 느껴져요, 그런데 그게 무서워요, 하고 말했는데, 그럴 때면 아버지는 약간 실망한 듯한 표정을 지으셨지. 나는 아버지를 마주 보지 않기 위해 둑길을 따라 서 있는 코스모스를 향해 눈을 떨구었는데, 이미 지고 있는 코스모스는 잘못을 범한 사람처럼 고개를 떨구고 있었지.

아버지는 그것이 오래전의, 다 지난 일처럼 웃으면

서 말씀을 하시는데, 당시 내가 얼마나 무서워했는지 모르고 계셨던 것 같아. 나는 지금도 아버지의 그 이야기를 들을 때면 나의 등골이 오싹해졌던 것을 떠올릴 수 있어.

— 지금 내 손을 이렇게 잡고 있는 느낌은 어떤가, 내가 물었다.

— 소름까지 끼쳐지지는 않네, 생각과는 달리, 그가 말했다.

— 그런데 자네는 아버지에 대한 반감이 큰 것 같군, 내가 말했다.

— 반감이랄 수 없는 반감이지, 그가 말했다. 내가 아버지와 친해지게 된 것은 그가 정신이 이상하게 되면서지. 자네 아버지는 잘 지내시는가?

— 죽었다네, 내가 말했다. 목숨이 한없이 질기다는 인상을 주며 살다가 마침내 몇 년 전 죽었지. 그런데 내 아버지가 내게 해주신 최고의 선물은 그의 죽음 자체였던 것 같아.

— 자네는 아버지를 사랑하지 않았군, 그가 말했다.

— 사랑할 기회가 없었네. 기회를 기회로 알 기회가 없었다고 말해두지, 내가 말했다.

— 그런데 이상하게도 나는 아버지를 만난 후면 이유 없이 쾌활한 기분에 사로잡히게 된단 말야, 그가 말했다.

— 어쩌면 아버지들이란 익살의 소재로는 더할 나위가 없지. 나는 내 아버지가 돌아가셨을 때 나의 익살의 소재 하나가 사라지는 것을 목격했으니까, 내가 말했다.

— 익살의 소재로는 여자만 한 것이 없지, 그가 말했다.

— 하지만 자네는 여자 경험이 전혀, 아니 거의 없잖은가, 여자들로부터 무시당한 경험을 빼고는, 내가 말했다.

그는 나의 그 말에는 아무런 대꾸를 하지 않았다. 나는 내가 그와 마치 친한 사이처럼 대화를 나누고 있다는 사실이 잘 이해가 되지 않았다.

이제 그는 아무 말 없이, 마치 수평선 너머로 물러가는 뭔가를 볼 때처럼 멍한 시선을 하고 있었다.

그때 멀리서 교외선 기차가 지나가는 소리가 들렸고, 나는 기차의 진동을 느끼려 했지만, 진동은 내게까지 이르지는 않았다. 그럼에도 기차는 내 가슴을 터널처럼 비집고 들어와 나를 관통해 지나가고 있는 것 같왔고, 기차가 지나간 후에는 나의 내부가 모두 허물어져버린 것처럼 느껴졌다.

어떻게 된 일인지, 그 발칙한 모습에 혼을 내줄 수도 있는 비둘기 한 마리도 보이지 않았고, 그래서 나는 비둘기까지도 우리를 멀리하는군, 하고 생각했다. 그런데 그 순간 어디선가 비둘기 대신 벌 한 마리가 날아와, 우리가 앉은 벤치 아래 땅바닥에 놓여 있는, 누군가가 버려놓은 빈 음료수 깡통에 앉았다. 그것은 마치 곡예사처럼, 앞발을 깡통 구멍의 테두리에 걸친 채로, 고꾸라질듯, 머리를 안쪽으로 들이밀고는 깡통 속의 당분을 빨아먹느라 여념이 없었다. 나는 가만히 그것을 쳐다보았다. 그것의 꼬리 부분이 율동적으로, 아래위로 오르락내리락하는 것을 가만히 쳐다보고 있자 마치 최면에라도 걸릴 것만 같았다.

— 최면에라도 걸릴 것 같군, 내 옆에 앉은 자도 그것을 보고 있었는지, 나의 생각을 대신해 말했다.

잠시 후, 벌은 그것으로 성이 차지 않는지 아예 깡통 속으로 들어갔다. 하지만 아무리 기다려도, 그것은 다시 나오지 않았다. 마침내 내가, 그 속에 떨어져 익사한 게 틀림없다는 생각을 하는 순간, 그것은 배를 채운 후,

아무 일이 없었다는 듯 유유히 구멍 위로 올라와 딴 곳으로 날아갔다. 우리 두 사람은 함께, 그것이, 또 다른 달콤한 먹이를 찾아 멀리멀리 날아가는 것을 같이 바라보았다.

— 멀리멀리, 날아갈 곳이라도 있는 것처럼 날아가는군, 그가 말했다.

내 옆의 사내는 천천히 고개를 들어, 목이 꺾어질 정도로 들어, 하늘을 쳐다보았다. 그런 다음 그는 두 손으로 머리를 감쌌다.

— 갑자기 눈물이 나려고 해, 이렇게 두 손을 머리 위에 올려놓고 있으면 울고 싶어진단 말야, 억지스런 슬픈 표정을 지으며 그가 말했다.

그의 그 말은 나로 하여금 그를 외면하게 만들었다. 하지만 나는 그를 외면하기가 무섭게 다시 그를 쳐다보았다.

— 무슨 생각을 하고 있나, 내가 말했다.

그는 입을 굳게 다물고 있었다.

— 자네가 생각하고 있는 것을 말해보게, 생각이란 걸 하고 있다면 말이지만, 내가 말했다.

— 제발, 내가 무슨 생각을 하고 있는지 물어, 나의

생각을 방해하지 않을 수는 없나, 짜증 섞인 목소리로, 그가 말했다. 하지만 곧 그는 금세, 평소의 어조를 회복하며, 오존층에 구멍이 뚫린 건 큰일이라는 생각을 했네, 아니, 그런 생각이라도 해볼까 하는 생각을 하고 있었네, 하고 말했다.

— 하지만 그건 자네의 바지에 구멍이 난 것보다는 작은 일일 수도 있네, 자네한테는, 나는 무릎에 구멍이 난 그의 바지의 구멍을 가리키며 말했다.

— 두 가지 다 그다지 큰일은 아니지, 적어도 나의 기준에서는, 그가 말했다.

— 자네의 기준에서 큰일은 뭔가, 내가 말했다.

— 기준이라는 게 없지. 한데 가끔 이렇게 발을 들어올렸다가 내려놓으면, 내가 세상에 발을 딛고 있는 것처럼 여겨지기도 한단 말야, 그는 의식적으로 발을 들었다가 다시 내려놓으며 말했다.

나는 눈을 감았다. 내가 이자와 이러고 있을 시간이 있다면 다른 뭘 하는 게 좋지 않을까, 보람도 있고, 재미도 있고…… 그리고 또 뭐였더라…… 그래, 나의 남은 기력을 쏟아부을 수도 있고, 이 무료한 시간을 보낼 수도 있는…… 그 밖에도 뭐가 있었던 것 같은데……

그래, 그 밖의, 그걸 하기 전까지는 그것이 의미가 있다는 것을 알게 되지 못하는…… 그것이 좋은 것이든 나쁜 것이든, 의도를 갖고 할 수 있는…… 뭔가 절실한 마음으로 할 수 있는…… 그 일을 하는 동안 마음이 절실해지는, 오, 천재적이군, 그 모든 것을 다 기억해내다니, 비록 시간이 한참이 걸리긴 했지만, 한데, 내가 지금 이렇게 한심한 시간을 보내고 있는 것에 대해서는 나 자신도 놀라야 할 것만 같은 생각이 드는군, 하는 생각을 했다.

— 그사이 아무 일도 없었나, 나는 다시 눈을 뜨며 물었다.

— 아무 일도 없었네, 그가 말했다.

— 아쉽군, 그사이에 무슨 일이 있기를 바라며 눈을 감았는데, 굉장한 일은 아니더라도, 아주 사소한 어떤 것이라도, 그것이 어떤 일인지 알 수 없는 일이라도, 아니면, 내게 좋을 수가 없는 어떤 일이라도, 내게 좋은 일이긴 하지만 그 사실을 알 수 없는 일이라도, 아니, 도대체 무슨 일이라도 있기를 바라며 눈을 감아야겠다는 어려운 결심을 했었는데, 무슨 일이 있었다 해도 눈감아 줄 수 있었는데……, 한때는 세상의, 일어날 수 있는 모든

일을 일어나게 하고 싶은 적도 있었는데, 내가 말했다.

그 말을 한 다음 나는 그를 보았는데, 그 순간 그는 나를 보고 있지 않았다. 나는 그를 조롱하는 마음으로 혀를 불쑥 내밀었다.

— 나는 잠이 들면서, 나 자신이 곧 메말라버리고 마는 물기처럼 흔적도 없이 사라지는 것을 꿈꾸곤 하지, 나는 큰 소리로 말했다. 그 순간 나는 내가 누군가를 놀려줄 때처럼 얘기를 하고 있다는 사실을 깨달았다.

계속해서 그는 아무 말이 없었다. 나는 그를 곤란하게 만들거나, 아니면 그 말을 한 내가 곤란해질 수도 있는 몇 가지 질문을 생각해냈지만, 그것을 입 밖에 내지는 않았다.

나는 잠시 호흡을 멈춘 채로, 더 이상 숨을 쉬지 않고 있는 것이 견딜 수 없을 때까지 그대로 가만히 있었다. 자신을 힘들게 하고 싶을 때 할 수 있는 가장 쉬운 방법은 이렇게 숨을 쉬지 않고 있는 거야, 나는 생각했다.

나는 점차 온몸의 힘이 빠져나가는 것을 느꼈고, 극도의 무력감이 느껴졌다. 무력감이야말로 나를 가장 힘 있게 사로잡고 있는 것이지, 하지만 나는 드물게는 나의 무기력 속에서 나의 힘의 원천을 발견하기도 하지,

하고 나는 중얼거리며 자세를 똑바로 했다.

내가 옆으로 시선을 돌렸을 때 그는 먼 곳을 바라보며, 뭐라고 중얼거리고 있었다. 그가 중얼거리는 말 중 몇 가지는 알아들을 수도 있었다. 그는 그의 말 중 몇 마디는 내가 알아듣게 말하는 것 같았다.

— 나를 위시한 인간들의 고뇌가 보기 좋았던 적도 있었는데, 하지만 이제는 아냐, 고뇌하는 인간만큼 혐오스러워 보이는 건 없어, 그는 배우처럼 말하고 있었다.

나는 그의 말을 듣고 싶지 않았다.

— 아무래도 이 순간에는 팔짱을 껴야 할 것 같군, 내가 말했다.

그는 아무런 반응이 없었고, 나는 다시 그 말을 큰 소리로 외쳤다.

— 뭐라고 했나, 그가 말했다.

— 팔짱을 껴야 할 것 같다는 말을 했네, 나는 팔짱을 낄 생각이네, 내가 말했다.

— 그렇게 하게, 말리지 않겠네, 원한다면 나도 같이 팔짱을 끼겠네, 그가 말했다.

나는 그가 팔짱을 끼는 순간 팔짱을 풀고 손깍지를 꼈다.

— 이제 나는 손깍지를 끼고 있네, 내가 말했다.

— 나는 손깍지는 끼지 않네, 그가 말했다. 그러면서도 그는 손깍지를 꼈다.

— 자꾸 이렇게 나를 따라 할 텐가, 자네가 따라 하지 못하는 걸 해볼 테니 따라 해보게, 내가 말했다.

나는 그가 나를 따라 할 수 없는 어떤 것을, 아니면 나의 행위가 나의 의도를 따라 하지 못하는 어떤 것을 생각해내려 했지만, 그런 것에 무엇이 있을 수 있는지 아무것도 생각이 나지 않았다. 그는 내가 뭔가를 하면 또다시 그것을 따라 할 것처럼 나를 쳐다보고 있었다.

나는 혼잣말로, 이자는 왜 내가 하는 걸 따라 하는지 모르겠어, 그건 그렇게도 할 일이 없어서야, 거기에 다른 이유가 있는 건 아닐 거야, 그런데 항상 이렇게, 팔짱을 낀 후면 손깍지를 끼게 된단 말야, 무슨 불가항력적인, 자연의 법칙처럼, 놀라운 법칙의 발견이야, 나는 이걸 내 이름을 따, ×××의 법칙이라고 불러야지, 하고 중얼거렸다. 그는 아무 말도 않고 있었고, 나는 아무 말도 않고 있는 그를 참을 수가 없었다.

— 나를 한 대 쥐어박아주겠나, 그가 머리를 내 쪽으로 기울이며 말했다.

— 내가 그렇게 해주면 나한테는 뭘 해줄 건가, 내가 말했다.

— 자네를 한 대 쥐어박아주겠네, 한 대로 부족하다고 생각되면 그 이상을 쥐어박아줄 수도 있네, 그가 말했다.

— 그럴 거라면 자네가 직접 자네를 쥐어박게, 내가 말했다.

— 자네가 그러라고 한다고 내가 그렇게 할 것 같은가, 그가 말했다.

그는 아무래도 나를 위해, 나를 힘들게 하기 위해 그런 말을 하고 있는 것 같았다. 나를 힘들게 할 작정이라면 무릎을 두 팔로 껴안고 가만히 앉아 있는 게 더욱 효과적일 텐데, 나는 생각했다. 이자는 자신으로 모자라 나까지 유린하고 있어. 이런 자가 자신의 삶에서 비중 있는 역할을 하는 것은 자신과 타인을 힘들게 할 때뿐이지, 나는 생각했다. 하지만 곧 나는, 그 점에 있어 너 또한 다르지 않지, 하고 중얼거렸다.

— 나와 함께 내 집에서 사는 건 어떤가, 불쑥 그가 말했다.

— 그런 문제라면 신중하게 생각을 해봐야 할 것 같

네, 그 말을 한 후 나는 그 문제에 대해 신중한 얼굴로, 하지만 건성으로 생각을 해보았다.

— 나와 같이, 사이 좋은 부부처럼 정답게 살 수도 있을 텐데, 그가 말했다.

— 그건 우리에게 일어날 수 있는 최악의 일이잖아, 내가 말했다.

— 그래서 한번 그렇게 해보자는 걸세, 최악의 일이라도 일어나게 애를 써보자는 걸세, 그가 말했다.

— 아니면 우리를 돌봐줄 착한 여자를 하나 구해 셋이서 함께 사는 건 어떨까, 내가 말했다.

— 착한 여자는 싫네. 내가 그 여자에게 적응할 수 있을 것 같지도 않고. 우리를 못살게 해주거나, 아니면 아무런 양심의 거리낌 없이 우리가 못살게 굴 수 있는 고약한 여자가 낫겠지, 그가 말했다.

— 아무래도 자네와 함께 사는 문제는 생각을 좀 더 해봐야 할 것 같네, 자네는 나를 견딜 수 있지만, 내가 자네를 견딜 수 없을지도 모르니까, 그리고 내가 갑작스런 환경의 변화에 적응하지 못할 수도 있으니까, 그리고 나는 나의 고독한 생활이 좋기도 하니까, 내가 말했다.

— 싫으면 할 수 없지, 사실 나도 자네가 그렇게 하는 것을 꺼려하는 것 이상으로 꺼려지네, 그가 말했다.

나는 갑자기 그에게 애정을, 물론 믿을 수 없는 것이었지만, 느꼈다.

— 우리가 못 본 동안 나는 가끔 자네 생각을 했네, 나도 모르게 그 말이 내 입에서 나와버렸다.

— 그래, 나도 자네 생각을 하며 유난히 튀어나온, 내가 오리궁둥이라고 놀려댄 자네 엉덩이를 생각한 적이 있네, 그리고 동물원에서 오리를 보면 다른 것을 물리치고 오리궁둥이가 내 눈에 확대되어 보였고, 오리궁둥이는 자네 생각을 하게 했지, 그가 말했다.

— 나를 놀리고 싶다면 놀려도 좋네, 하지만 제대로 놀려주게, 내가 제대로 기분이 상할 수 있게, 내가 말했다.

그때 우리가 앉은 그늘 위의 나뭇가지에서 새 한 마리가 지저귀고 있었다. 나는 눈을 들어 위쪽을 쳐다보았다. 나무 잎사귀 때문에 새의 모습은 보이지 않았다.

— 저 새가 왜 우는지는 나만 알 수 있지. 나는 저 새를 잘 알고 있거든. 저 새를 개인적으로 잘 알고 있는 건 나밖에 없어. 지금 저 새는 자기에게 필요한 슬픔을 달

라고 하고 있는 거야. 저것은 슬픔을 모이로 먹고살거든. 때로 나는 나의 슬픔을 저 새에게 모이로 주기도 하지. 그리고 저 새는 복음을 전파하는 사도처럼 자신의 슬픔을 전파하고 다니기도 하지. 하지만 본래 악질적인 성격인 저 새는 때로 지옥에서 곧장 날아오기라도 한 듯 괴로운 울음소리를 내기도 하고 하루 종일 침묵을 지킬 때도 있지……, 내 옆의 사내는 혼자 중얼거리고 있었다.

이자는 드디어 실성을 했군, 하고 나는 생각했다. 잠시 그는 좀 더 그럴듯한 말을 꾸미는 사람처럼 생각에 잠겼지만 한동안 아무런 말이 없었다. 그는 갑자기 그 새가 있는 곳을 향해 노려보았지만, 그것이 별로 재미가 없다고 생각한 듯 다시 눈길을 거두었다.

조금 있자 어떤 노인이 우리 앞을 지나가며 그에게 인지 내게인지 확실치 않게, 아는 척을 했다.

— 자네한테 인사를 하는 것 같은데, 내가 말했다.

하지만 내 친구는 그를 모르는 척을 했다.

— 서로 모르는 사인가, 내가 물었다.

— 저자를 알고 있음에도 모르는 척하는 데는 이유가 있지. 그건 내가 저자가 알고 있는 사람이 아니기 때

문이지, 그가 말했다.

— 말이 되는군, 한데 자네가 말이 되는 얘기를 할 때면 이상해. 자네는 주로 말이 되는 얘기를 말이 안 되게 할 줄은 아는데 말야, 내가 말했다.

점차 친구의 표정이 어두워졌다.

— 아침에 눈을 떠 정신을 차리며, 하루가 시작되는 것을 볼 때만큼 두려운 순간이 없네, 그가 말했다.

나는 갑작스럽게 하품이 터져 나오기 시작했다.

— 아직도 내가 살아 있다는 건 하나의 풀리지 않는 의문이야, 그가 말했다.

— 아무리 해도 질리지 않는 건 잠뿐이야, 내가 말했다. 나는 집에 돌아가 시원한 물에 목욕을 한 후 낮잠을 자야겠다는 생각을 했다.

— 눈을 감으면, 무덤 속에 누워 있는 나의 모습이 만져질 정도야, 코를 막으면, 차마 맡기 역겨운, 나의 안에서 이미 썩어가고 있는 시체 냄새가 나기도 하지, 그가 말했다. 그는 계속해서 내가 흔쾌히 듣기 어려운 말을 중얼거리고 있었다.

— 가끔 나는 말을 하면서, 그것이 언성이 높아질 대로 높아진 후, 마침내 이르게 된 침묵이라는 것을 알게

되기도 하지, 내가 말했다. 나는 그 얘기를 그가 들으라고 한 것 같은데, 그는 듣고 있지 않았다.

파리 몇 마리가 날아다니며 내 살갗에 앉았다가 다시 날아오르곤 했다. 나는 눈을 감았고, 기이하게도, 그 파리들이 나의 살갗 속을 파고들어왔다가 다시 빠져나가는 것 같았다. 내 살 속에는 그것들이 낳은 알들이 빠르게 유충들로 바뀌고 있는 것처럼, 나의 몸속에는 그 유충들이 우글거리고 있는 것처럼 느껴졌다. 점차 나는 나의 기이한 생각들에 어울리는 내가 되어가고 있는 것 같았다. 나는 나를 찾아가고 있었다. 갈수록 나의 마음속에서는 기형적인 의지만이 자라나고 있었다.

— 이제는 나를 붙잡는다 해도 아무 소용이 없다는 것을 알아야 하네, 내가 말했다.

그 말을 하며 나는 자리에서 벌떡 일어났지만, 그는 가만히 그대로 앉아 있었다. 나는 몇 발자국을 뗐고, 어지러움을 느꼈다. 깊은 허공 속의 보이지 않는 가파른 계단을 내려가고 있는 것처럼 느껴졌다. 그런데 그 계단은 내가 발을 딛는 순간 허물어지고 있었다. 나는 어느 순간에라도 허공 속으로 굴러떨어질 것만 같았다. 결국 나는 다시 내 자리로 돌아와 앉을 수밖에 없었다.

내 옆에 앉은 자는 멍한 얼굴을 하고 있었다. 그의 모습은 흡사 혼자 어떤 방 안에서, 텔레비전을 켜놓은 채로, 그것에는 전혀 주의를 기울이지 않고서, 멍하니 그것을 바라보고 있는 사람 같았다. 그 모습을 보자, 어쩌면 그는 혼자 있다 해도 그러고 있을 거라는 생각이 들면서 그의 곁에 있는 것이 용납이 되었다.

그는 고개를 떨구고 다시 중얼거리기 시작했다. 이제 그는 내가 안중에도 없는 모양이었다. 그의 노골적인 무관심은 내가 나의 위엄을 지키는 것을 어렵게 만들었다. 그런데 그는 내가 거의 알아차리지 못하게, 그의 낡은 웃옷의 해진 소매의 실밥을 뜯고 있었다. 이 대수롭지 못한 자는 자신이 얼마나 대수롭지 못한 사람이라는 것을 알고 있구나, 나는 생각했다. 이런 자는 자신의 비루한 동기에 의존하지 않고서는 아무것도 하지 못하지, 그가 자신의 가장 큰 관대함을 보이는 것은 방종에게지, 그리고 그는 가장 고귀한 것을 떠올릴 때에도 누군가의 희생을 요구하지, 나는 중얼거렸다. 그 생각을 하자 누군가로부터 그 말을 듣고 있는 것처럼 화가 났다.

나는 흘낏 그를 쳐다보았고, 볼 만한 것이 아닌 것을

보았을 때처럼, 곧 그에게서 눈길을 뗐다. 나는 주위를 둘러보았다. 주위의 사물들이, 거의 알아차릴 수 없게 내게 조금씩 다가오는 것만 같았다. 그것들은 나를 없애기로 모의라도 한 것처럼 보였다. 나는 나 자신의 망상의 체계를 점검했고, 그것은 완전한 것처럼 보였다. 나는 시간을 갖고 기다렸지만 현실 속의 사물들은 내게 아무 짓도 하지 않았다. 그래서 나는 내 앞의 사물들의 불길함을 노려보며, 눈을 부릅떠 그 불길함을 내 가까이 다가오게 한 후, 손으로 매만져 나의 내부로 사라지게 했다.

— 몇 시나 됐나, 내가 말했다.

그는 대꾸를 하지 않았다.

— 몇 시가 됐는지 내게 얘기해줄 수 없다는 건가, 내가 말했다.

하지만 그는 딴 생각에 빠져 내 말을 알아듣지 못한 듯 보였다. 막연한 표정으로 가만히 앉아 있는 그를 보자 나 또한 아무 생각이 들지 않았다. 그럼에도 나는 이제 어떻게 하면 좋을지를 생각하려고 애를 썼다. 그 결과로 나는 두 손으로 양미간을 눌렀는데, 그건 마땅한 생각이 나지 않을 때면 내가 취하는 동작이었다. 하지만 마땅한 생각뿐만 아니라 어떤 생각도 떠오르지 않았다. 아니, 기껏 떠오른 생각은 지금껏 난처한 상황에서 마땅한 생각이 떠오르길 기대하며 미간을 눌러도 마땅한 생각이 떠오른 적이 없었다는 것이었다.

— 어릴 때 내 꿈이 뭐였는지 아나, 그가 말했다.

나는 대꾸를 하지 않았다.

— 나는 늘 서커스의 마술사가 되는 꿈을 꿨다네. 사람들을 마술 상자 속으로 사라지게 한 마술사는 끝내는 자신 또한 그 상자 속으로 사라지는 거야. 마치 다른 차원의 세계 속으로 들어가기라도 하는 것처럼 말야, 그가 말했다.

— 그렇게 해서 사라질 수 있다면 얼마나 좋을까, 내가 말했다.

— 흔적을 남기는 건 바람직하지 못해, 그가 말했다.

— 어젯밤 나는 어떤 꿈을 꿨는데, 그 꿈속에서 나는 길을 걷고 있었어, 내가 말했다. 그가 무슨 얘긴가를 하면, 나 또한 무슨 생각인가가 들어 그것을 말하게 되는 것이 이해할 수 없었다.

— 그런데 갑자기 땅 위를 검은 그림자들이 뒤덮어 눈을 들어보니, 여러 마리의 회색 쥐들이 하늘을 기어

가 붉은 태양을 갉아먹어 치우는 게 보이더군. 조금 있
자, 쥐들이 먹다 남은 태양의 찌꺼기가 내 앞에 떨어졌
어. 일부만 남은 붉은 그것을 보며 나는 내 가슴에 손을
대었는데, 그 순간 그것이 내 가슴에서 꺼내진 심장이
라는 사실을 알아차렸지. 그 꿈은 어떤 의미일까, 내가
말했다.

나는 앞쪽 풍경을 쳐다보며 나의 시선이 소실되는,
혹은 내가 나의 시선을 소실시키는 지점을 노려보았다.
나는 내가 나의 시선의 소실점에서 사라지고 있는 것처
럼 느껴졌다. 의식이 혼미해지고 있었고, 나는 혼미해
지는 의식이 내게 걸어오는 말을 건성으로 들었다. 내
게 말을 거는, 성가시게 웅얼거리는 희미한 말들에게
내가 던지는 심한 모욕의 말들에 반발하는 말들이 내게
가하는 보복을 견디지 못해 내 안에서 터져 나오는 나
의 신음에 가까운 말들을 나는 듣고 있었다.

— 아무런 의미가 없는 것일 수도 있지. 흔히 사람들
은 꿈에서 의미를 찾으려 하는데, 내 생각에는 꿈이 주
는 가장 큰 의미는 그것이 아무 의미도 없다는 것인 것
같아, 그가 말했다.

나는 그의 말을 효과적으로 반박할 수 있는 말이 떠

오르지 않았다, 아니 내가 무엇을 반박하려 했는지조차 떠오르지 않았다. 그는 하품을 늘어지게 했다. 그의 그 하품은 그가, 또는 내가 이 세계 속에 처한 상태를 집약하고 완성하는 것처럼 여겨졌다.

— 기분이 안 좋아지고 있군. 모든 날씨에는 내 기분을 상하게 하는 어떤 게 있어. 그게 어떤 건지는 차마 알 수 없지만. 기분이 은근히 나쁜 게 아주 기분 나쁘군. 이젠 졸립기까지 하군. 이렇게 얘기를 하다 보면 어느새 졸립단 말야. 낮잠이라도 좀 자야 할 것 같아. 그러고 보니까 어젯밤 잠을 안 잔 것 같아, 그가 말했다.

하지만 그는 눈을 활짝 뜨고 있었다. 다시 어색한 침묵이 이어졌다. 침묵은 나를 몹시 괴롭혔다. 그 침묵의 뒤쪽에는 형태가 일그러진, 무시무시한 소음들이 그것들의, 갈퀴 모양을 한 손톱으로 그 침묵의 벽을 후벼파고 있는 듯했다.

나는 나로서도 거의 알아차리지 못하게 자리에서 살며시 엉덩이를 떼었다가 다시 내려놓았다. 하지만 내가 다시 앉은 자리는 그 직전에 내가 앉아 있던 곳과는 너무도 먼 곳의 장소처럼 여겨졌다.

내 옆에 앉은 자는 꼼짝 않고 있었다. 나는 우리 두

사람이 각자의 자리에서 보이지 않는 끈에 의해 단단히 결박되어 있는 것처럼, 그런데 그 결박은 누군가의 도움을 받지 않고는 풀 수 없는 것처럼 느껴졌다. 점차 머릿속이 혼란스러워졌다. 나는 몸의 자세를 가다듬었지만, 생각 또한 가다듬어지지는 않았다.

— 어떻게 이렇게 완벽하게 아무런 느낌도 들지 않을 수 있지, 아무런 느낌도 들지 않는다는 느낌조차 들지 않을 정도로, 그가 말했다. 한데 이렇게 아무런 느낌이 없는 게 좋을 때도 있어, 그렇지 않을 때도 있지만.

— 지금은 어떤데, 내가 말했다.

— 그걸 모르겠어, 그가 말했다.

우리가 이렇게 어색한 상태에서 있으면서도 쉽게 헤어지지 못하고 있는 것이 우습지 않나, 나는 내 입안에서 맴도는 그 말을 입 밖에 내지 못하고 있었다. 그 말을 한 다음 나는 미소를 지었는데, 그것은 어쩔 수 없이 하게 되는 일을 할 때처럼, 성가신 마음으로 짓는 미소였다.

— 그냥 나를 어떻게든, 자네가 하고 싶은 대로 해보게, 약을 올려도, 힘들게 해도, 행복하게 해도 좋으니까, 하지만 만족스럽게 해서는 안 되네, 내가 말했다.

하지만 그는 우두커니 앉아 있었다.

— 자네는 나를 약을 올리고, 힘들게 하고, 행복하게 하면서도, 만족스럽게는 하지 않고 있군, 내가 말했다.

하지만 그는 아무 말도 하지 않았다.

— 그냥 나를 내버려두고 가도 좋네, 내가 말했다.

그는 내 말을 못 들은 듯, 아니면 듣고도 못 들은 척을 하는 듯 아무 말도 하지 않았다.

나는 나의 머릿속의 어떤 생각을 붙들기라도 하듯 손을 움켜쥐었지만, 그 생각들은 사라지기를 바랐고, 그래서 손을 펴 손가락 사이로 빠져나가게 했다.

— 나는 삶과의 모든 투쟁에서 패배했어, 그리고 앞으로의 패배 또한 장담할 수 있어, 그가 말했다. 나의 삶에서 가장 성공적인 것이 있다면 그것은 바로 그 패배지. 하지만 그 패배로는 뭔가가 모자란 듯한 느낌이 들어. 나는 마치 내게 일어날 수 있는 가장 나쁜 일은 아직 일어나지 않았다는 기대로 살고 있다는 생각도 들어.

— 이제 그만하게, 자네에게, 자네의 패배에 졌네, 자네는 자네의 힘이 닿는 한 나를 힘들게 하려는 것 같군, 내가 말했다. 나는 화가 치밀었다.

그는 나를 노려보았다. 나는 나의 분노를 좀 더 엄격한 것으로 만들기 위해 허공 속의 임의의 한 지점을 노려보았다. 하지만 그 임의의 지점은 가까워졌다 멀어지기를 반복했고, 나는 시선의 초점을 맞출 수가 없었다.

갑자기 그가 재빨리 자리에서 일어나 내 앞에 서서, 친근함의 표시로 내 어깨 위에 손을 올려놓으려 했지만, 나는 반사적으로 몸을 피했고, 그로 인해 그의 손은 허공에 떨어졌다.

이제 나는 정말로 일어나 내 집으로 가려 했다. 나는 발끝에 힘을 모으며, 그렇게 하면 나의 결심을 모을 수 있으리라는 생각에, 자리에서 일어나려 했다. 그런데 그때 그가 재빨리 다시 내 어깨 위에 손을 얹어놓았다.

그는 아무 말 없이, 바지 호주머니에 한 손을 집어넣고서는 나를 가만히 쳐다보았는데, 마치 내가 그의 수중에 있기라도 한 듯한 태도였다. 이제 억지는 그만 부리도록 하지, 나로서도 어느 정도 지겨워졌으니까, 나는 중얼거렸다. 하지만 나는 그것이 그에게가 아닌, 나 자신에게 하는 말처럼 여겨졌다.

잠시 후 그는 내 주위를 서성거리기 시작했다. 나는 눈을 감은 채로 귀를 열어 그의 발자국 소리를 조용히 뒤쫓으면서, 머릿속으로 그의 걸음을 흩트려놓기 위해 손을 저었다. 그는 불규칙적으로, 멈춰 섰다가 다시 걸음을 옮기곤 했다. 마치 나의 신경을 거슬러놓기 위해 일부러 그렇게 하는 듯 보였다. 그는 내가 그의 발자국 소리를 뒤쫓고 있는 것을 알고 있는 듯했다. 어느 순간 그의 발걸음이 멈췄다. 그는 내 뒤에서 가만히 서 있었다. 나는 안간힘을 다해 꼼짝 않고 앉아 있었다. 나는 문득 그가 나의 목을 조를지도 모른다는 생각이 들었지만 고개를 돌리거나 하지는 않았다. 차라리 그가 그렇게 해주기라도 한다면 고마워할 생각이었다. 하지만 그는 나의 기대와는 달리 가만히 다시 자리에 앉았다. 이자는 내가 원하는 일은, 그것을 원하는 것이 나라는 이유만으로도, 절대 해주는 일이 없지, 나는 생각했다.

　— 가끔 어둠 속에서 조용히 누워 있을 때면, 뭔가가 내 위로, 또는 내 몸속을 지나가고 있는 것처럼 느껴질 때가 있어. 어떤 붙잡을 수 없는 것이. 하지만 그것이 무엇인지는 모르겠어. 그런데 그것이 지나간 후면 나의 몸이 굳어져 있는 것을 발견하게 되지, 그가 말했다.

　— 이해할 수 있어. 뚜렷하지 않은 뭔가가 지나간 후의 뚜렷한 그 느낌을, 내가 말했다.

　— 자네도 그걸 안다고, 그가 말했다.

　— 밤에 누워 있으면 나는 더 이상의 아래가 없는 바

닥에 누워 있는 나 자신을 생각하지. 아니, 그 순간에는 나 자신이 바닥을 이루고 있지, 내 말을 이해하겠나, 내가 말했다.

그 순간 나는, 도대체 지금 내가 무슨 얘기를 하고 있는 거지, 라는 생각이 들었지만, 그 생각은 무시해버렸다.

— 나는 나의 이마 위에 세계를 가볍게 얹은 채로, 한 손으로는 그 세계를 무겁게 누른 채로 지내지, 내가 말했다.

나는 끝없이 퍼져나가는 생각들에 쐐기를 박을 수 있는 생각을 해내려 했지만 소용이 없었다.

— 나는 점차 의미에 대한 믿음을 상실해가고 있네. 아직 남아 있는 믿음을 완전히 없애는 것이 나의 남은 과제인지도 모르지, 왜 이렇게 완전한 절망에 이르는 게 절망적일 정도로 힘들지, 그가 말했다.

— 자네의 절망은 그 깊이에 있어서도, 그것을 과장되게 표현하는 능력에 있어서도 나의 절망은 상대가 되지 않을 것 같군, 내가 말했다.

— 나는 이미 공허 속에 있으면서도 그 공허를, 이미 물이 고갈된 우물을 파듯 파고 있어, 그가 말했다.

그는 허공을 쳐다보고 있었는데, 그의 공허한 시선은 자신에게만 빠져 있는 사람의 시선이었다. 나는 이런 사람을 잘 알고 있다고 생각하지, 하고 나는 생각했다. 그런 사람은 자신에게로 돌아가지 않는 어떤 관심도 갖지 않는 법이었다. 이런 사람은 결국은 자신에게 향하는, 자신에게서 멈추는 말을 할 줄 알고 있을 뿐이지, 나는 생각했다.

— 그래, 가만히 누워 있을 때면, 내 안의 뭔가가 죽어나간 것처럼 느껴지는 때가 종종 있지, 그가 말했다.

— 나는 나를 죽이는 데도 지쳤어, 나는 중얼거렸다.

텅 빈 느낌이 나의 머릿속에서 생겨나 나를 에워쌌다. 손을 뻗으면 닿을 수 있는 곳에 놓여 있는 사물들조차도 내가 결코 이를 수 없는, 나와는 무관한 다른 세계 속에 처해 있는 것 같았다. 모든 것이 무의미하게 느껴졌다. 나는 만족스러웠다. 그 만족이 의심스럽지 않은 것은 아니었지만, 그럼에도 그것에 설복당하고 싶었다.

다시 내가 고개를 돌렸을 때, 이제 그는 나를 아예 거들떠보지도 않고 있었다. 그는 두 손으로 얼굴을 감싸고 있었다. 그의 그 모습에 나는 기가 질려버리기라도 해야 할 것 같았다. 그의 그 모습은 보기 싫었다. 나의 모습을 보는 것 같아서라기보다는, 그 자체로 그것은 보기 싫은 모습이었다.

주위는 조용했다. 어떻게 된 거지, 라는 생각이 들 정도로 조용했다. 바람조차 전혀 불지 않았다. 바람은, 불지 않을 때면 뭘 하고 있을까, 그리고 어떤 모습을 하고 있을까, 나는 중얼거렸다. 모든 것이 정체되어 있었다. 나는 의자에 무겁게 앉아 있었다. 내가 무겁게 앉아 있는 의자가 자신이 느끼는 무거움 속에 나를 가두고 있는 것 같았다. 나는 동물원의 다른 사물들처럼, 내가 앉아 있는 자리에 앉아 있기보다는 놓여져 있는 것처럼 느껴졌다. 몸의 어디에서도 아무런 감각도 느껴지지 않았다. 나는 내가 그곳에 있다는 것을 느끼기 위해 기척을 해야 할 정도였다, 아니, 기척을 해도 소용이 없을 정도였다.

— 소나기라도 오면 좋을 텐데, 소나기라도 오면, 이렇게 소나기라도 오니까 좋군, 하고 필요 이상으로 즐거워하며 말할 수도 있을 텐데, 내가 말했다. 하지만 하늘은 높은 구름이 몇 점 떠 있을 뿐 더없이 맑았다. 나는 날씨가 이렇게 좋으니 좋군, 하고 말할 수 있다면 얼마나 좋을까, 하는 생각을 했다.

그는 다시 뭐라고 중얼거리기 시작했고, 나는 그의 따귀라도 한 대 후려갈기고 싶었지만, 꾹 참고, 다시 물었다.

— 몇 시나 됐나, 내가 말했다.

그는 호주머니에서, 시계줄이 없는 고물 시계를 꺼내, 그것을 한참 동안 들여다보았다.

— 제대로 가고 있군, 제대로 가고 있으리라곤 생각도 못 했는데, 제대로 가지 못하게 내가 어떻게 한 것 같은데, 세 시 십사 분일세, 그가 말했다.

— 아직 그것밖에 안 됐나, 네 시가 되려면 세상의 모든 시계의 분침이 사분의 삼 바퀴하고도 조금을 더 돌아야겠군, 그렇지만 우리가 얘기를 하는 사이 세 시는 지나갔군, 세 시 십사 분이라, 아니지, 이제 세 시 십오 분이 되었겠지, 하지만 그건 자정으로부터는 너무 먼 시간이지, 하고 나는 중얼거렸다.

하지만 그는 내 말을 거의 듣고 있지 않는 것처럼 보였다. 나는 점점 더, 나도 모르게 상체가 앞으로 기울어지고 있었고, 내 희미한 시선 속에서 마치 내 발아래 땅이 융기하기라도 하는 듯 보였다, 융기하는 땅이 나를 그 안으로 끌어들이려 하는 것처럼 여겨졌다. 나는 기운이 점차 빠졌다. 누군가에게 괴로움을 안겨줄 수 있다는 생각만으로도 기운이 나던 때도 있었는데, 있었던 것 같은데, 하고 나는 중얼거리며 옆에 앉은 자를 쳐다보았지만 그는 나보다도 더 기운이 없는 듯 축 처진 모습을 하고 있었다.

— 자네 괜찮나, 그가 말했다.

— 그래, 단지 졸음이 쏟아지면서, 머릿속이 암담해져서 그런 것뿐일세, 내가 말했다.

— 요즘에는 몇 시에 일어나나, 그가 말했다.

— 오후가 돼서야 일어나지, 내가 말했다.

— 좀 일찍 일어날 수는 없나, 난 아침 일찍 일어난다네. 일찍 일어나는 새가 벌레를 잡는다는 서양 격언도 모르나, 그가 말했다.

— 일찍 일어나는 새는 일찍 잡아먹히겠지, 그리고 자네는 일찍 일어나서 뭘 하는데, 내가 말했다.

— 특별히 할 일이 있는 건 아니고. 그래서 다시 자기도 하지, 그가 말했다.

나는 도대체 이런 경우에는 어떻게 해야 하지, 혀를 내두르는 것으로는 모자랄 때는 무슨 수를 써서 어처구니없다는 것을 표시하지, 하는 생각을 했고, 그런 다음

다시, 그걸 모를 때는 일단 혀라도 내두르는 거야, 하는 생각을 했지만, 혀를 내두르지는 않았는데, 그건 혀를 내두른다는 게 실제로 가능한 일이라기보다는 단지 비유적인 표현일 뿐이라는 생각이 들어서였다.

나는, 이건 끔찍한 일이야, 아직 하루해가 다 가지 않았다는 것, 목숨이 아직 달려 있다는 것, 끔찍한 일이라고 말해둬야겠어, 하고 중얼거렸다.

— 기분이 안 좋은 모양이지, 그가 말했다.

— 안 좋아, 내가 말했다.

— 내가 없었다 해도 기분이 안 좋은 건 마찬가지겠지, 그가 말했다.

— 조금은 나았을지도 몰라, 내가 말했다.

— 하지만 나 때문에 안 좋은 건 아니잖아, 그가 말했다.

— 그건 그래, 내가 말했다.

— 이제 우리 그만 헤어질까, 그가 말했다.

— 그래, 듣던 중 반가운 얘기군, 내가 말했다.

— 내일 다시 만날 수 있겠지, 그가 말했다.

— 그래, 내가 말했다.

— 아니, 다시 만나지 않을 수는 없을까, 더 이상 만나

게 되는 것을 불가능하게 할 수는 없을까, 그가 말했다.

— 그럴 수도 있겠지. 자네가 더 이상 보이지 않게 되면 죽은 줄로 알겠네, 내가 말했다.

— 그렇다고 해도 슬퍼할 것까지는 없네. 슬퍼하지도 않겠지만. 아, 참 그러고 보니 며칠 있으면 내 생일이군, 그가 말했다.

— 축하라도 해줄까, 내가 말했다.

— 아닐세, 그날만큼은 혼자 있고 싶네. 그게 정확히 언제인지는 모르겠지만, 오래전 내가 태어난 그날의 치욕을 나 혼자서 되새기고 싶네, 그가 말했다.

— 그러고 싶다면 그렇게 하게, 내가 말했다.

— 또 만나세, 오늘처럼, 어제처럼, 어제의 어제처럼, 그 까마득한 옛날부터 지금까지 우리가 그랬던 것처럼, 이 장소에서, 그 시간에, 그래서 그동안 수없이 했던 얘기들을, 아니면 아직 하지는 않았지만 지금껏 한 얘기들과 크게 다르지 않은 얘기들을 하세, 할 얘기가 도무지 없을 것 같지만 또 있겠지, 그가 말했다.

— 아니, 만약 그럴 수만 있다면, 다시는 자네를 보고 싶지 않네, 내가 말했다.

— 나 역시 마찬가지지만 그런 일이 쉽게 이루어질

수 있을까, 그가 말했다.

그런 다음 그는 자리에서 일어났다.

— 잘 가게, 내가 말했다.

— 자네는 그대로 있을 텐가, 그가 말했다.

— 자네의 모습이 더 이상 보이지 않게 되면 그때 가겠네, 내가 말했다.

— 나는 잠시 코끼리를 만나러 가봐야겠네, 나를 기다리고 있을 코끼리를 너무 오랫동안 기다리게 했어. 그런데 코끼리에게 줄 강냉이도 없이 무슨 면목으로 코끼리를 보지. 그리고 부탁인데 내가 있는 곳으로 오는 일은 일어나지 않게 하게. 그런데 내가 어디에 가 있을지는 알겠지, 그가 말했다.

— 자네가 그곳에 가 있을 거라는 생각만으로도 그곳으로는 발걸음이 옮겨지지 않을걸세. 그곳에 가게 되더라도 자네가 없을 때 가겠네. 그런데 내일이면 나는 전혀 다른 사람이 되어 있을 것 같네, 자네가 나를 알아보는 데 힘이 들 정도로, 나 또한 나를 알아보지 못할 정도로, 그런 느낌이 들어, 동시에 그 느낌이 느낌에 지나지 않는 느낌이라는 느낌 또한 들기도 하지만, 내가 말했다.

— 기대해보겠네, 그 느낌이 틀리지 않았으면 좋겠군. 하지만 설마 죽겠다는 건 아니겠지, 그가 말했다.

— 그런 건 아닐세, 죽는 게 그렇게 쉬운 일이라면 얼마나 좋겠나, 자네보다 먼저 죽는 행운이 내게 돌아올 것 같지는 않네, 내가 말했다.

그는 바지를 털었고, 먼지가 앞을 가릴 정도로 일었다.

— 내 요요는 어디 있지, 그 말을 하며 그는 요요를 꺼낸 후, 여기 그대로 있군, 갈 곳이 그렇게도 없었나, 뭔가가 있던 곳에 그대로 있을 때면 이상해, 하고 말하며 다시 호주머니 속에 집어넣었다. 그는 코끼리 우리 쪽을 향해 걸어갔고, 나는 졸린 눈으로 그의 뒷모습을 바라보며, 충혈된 눈을 비볐다.

그는 호주머니에서 요요를 꺼내 흔들기 시작했는데, 그 솜씨가 서툴러, 요요는 제멋대로 튕겨나가다가 결국에는 멈춰버렸지만, 다시 실을 감아 놀이를 되풀이했다. 마치 그는 자신이 할 줄 아는 게 요요밖에 없는데도 그마저도 제대로 할 줄 모른다는 것을 보여주기라도 하는 것 같았다. 나는 그에게 달려가 요요를 하는 그의 뒤통수를 때려 그것을 뺏기라도 해야 할 것 같았지만, 다리가 저려 일어설 수조차 없었다.

나는, 혼잣말로, 한눈에 들어오는 이 흐릿한, 일그러진 풍경이 나의 여름의 모습이군. 하루로부터 다른 하루에까지에서 또 다른 하루로 옮겨 가는 것이 허공을 내디디는 것처럼 아찔하게 느껴져. 밤과의 거리는 너무도 멀고, 내가 그것으로 다가가지 않으면 그것과의 거리는 결코 좁혀지지 않을 것 같군, 하고 중얼거리며 다시 눈을 감았다.

삶 이전, 혹은 죽음 이후의 세계

손정수(문학평론가)

1. 고집스러운, 섬뜩하며 그로테스크한 권태

정영문의 중편 『하품』은 끊이지 않고 이어지는 대화, 그런데 그 대부분은 삶의 일상성을 모욕하는 듯한 대화, 그 결과 비루한 일상만이 드러나게 되는 대화들로 채워져 있다. 이 대화의 당사자들인, 한없이 비루해지고자 안간힘을 쓰는, 그럼으로써만 겨우 존재하는 이 '비루한 인간들'(해설을 쓸 당시 이 작품의 가제는 '비루한 인간들'이었다.)은 도대체 누구인가. 게다가 그들은 왜 이렇듯 조리에 닿지 않는, 서로를 무시하는, 상대방의 무시에 한술 더 뜨는 모욕으로 기어코 되갚는 대화 아닌 대화를 나누고 있는 것일까.

때로 나는 하루 동안 만나는 사람들에게 조리가 닿지
않는, 그들이 전혀 알아들을 수 없는 말만 하는 때가 있
어. 그럴 때면 나 자신의 말이 결코 지루하지 않은 음악
처럼 여겨지는 거야, 그가 말했다. 실제로 나는 사람들의
말에 귀를 기울일 수가 없어. 나는 사람들의 말에 관심이
없을 뿐만 아니라, 그보다도, 타인에 대해 관심이 없는
게 분명해. (『하품』)

타인과 세계에 대한 관심이 없는, 나아가서는 자신
의 삶에 대해서조차 무관심한 이들에게 있어 말이란,
침묵과 더불어 그와 같은 관심 없음을 견디는 두 가지
방식 가운데 하나다. 상대방에 대한 관심에서 나오는
일상의 발화들이 아니라, 말 그 자체로부터 생산되는
말들. 그러니까 이 말의 주체는 그 말을 하고 있는 사람
이 아니라 말 그 자체가 말의 주체일 수밖에 없다.

왜 그게 내가 말한 것처럼 여겨지지 않는지 모르겠
네, 왠지 나의 생각 가까운 곳에 누군가가 버티고 있는

것만 같단 말야, 그 누군가가 나를 대신해 생각을 하는 것 같아, 그게 누구일까, 그가 말했다. (『하품』)

그 누구는 어느 누구도 아닌, 말 그 자체다. 분명히 내가 말하고 있음에도 불구하고 '내가 말한 것처럼 여겨지지 않는' 것도 그 때문이다. 그렇다면 이러한 말의 자기생산 과정을 발생시키는 근원은 무엇인가. 그것은 삶의 관계들에 대한 모든 믿음의 말소, 혹은 모든 삶의 관계들에 대한 회의의 산물이다. 나아가서 그것은 삶의 관계들에 대한 회의일 뿐 아니라, 삶 그 자체에 대한 절망과 회의다. 그 회의로부터 '고집스런, 섬뜩하며 그로테스크한 권태'가 솟아난다. "그걸 하기 전까지는 그것이 의미가 있다는 것을 알게 되지 못하는…… 그것이 좋은 것이든 나쁜 것이든, 의도를 갖고 할 수 있는…… 뭔가 절실한 마음으로 할 수 있는…… 그 일을 하는 동안 마음이 절실해지는" 그런 것은 어느 곳에도 존재하지 않는다. 요컨대 그와 같은 권태 속에서 존재는 비루해지고, 존재의 의미는 희미해질 수밖에 없다. 존재의 의미가 희미해지자, 존재와 소멸, 그리고 죽음이 연대하기 시작한다. 그러면서 존재 이전과 이후와 단절되어 있던 존재 그 자체는 낮게 가라앉아 존재 이전 및 존재 이후와 소통하기 시작한다. 그리하여 삶 이전과 죽음 이후의 풍경이 삶 속으로 흘러 들어온다.

눈을 감으면, 무덤 속에 누워 있는 나의 모습이 만져질 정도야, 코를 막으면, 차마 맡기 역겨운, 나의 안에서 이미 썩어가고 있는 시체 냄새가 나기도 하지, 그가 말했다. (『하품』)

어느새 의식 속을 뚫고 들어와버린 죽음의 감촉과 냄새. 삶의 무게를 걷어내면, 그 권태의 공간 속에 삶 이전의 기억과 죽음 이후의 감각이 삶의 표면 위로 떠오른다. 존재 자체와 존재 이전, 혹은 존재 이후가 구분되지 않는 '不知周之夢爲胡蝶與, 胡蝶之夢爲周與'의 세계가 거기에 펼쳐진다.

2. 미리 앞당기는, 혹은 거슬러 올라가는 진화

인간 또한 애초에는 하나의 유기물에 지나지 않는

존재가 아닌가. 인간은 모든 유기물과 자신을 구별하여 인간에게 독특한 지위를 할당하고, 문명과 문화로써 그것을 보증하려 한다. 그러나 우주적 차원에서 인간을 바라보면 어떠할까. 그저 그 속에서 생성, 성장, 소멸하는 유기물의 일종에 지나지 않는다. 그럼에도 유기물과 인간을 결정적으로 구분하는 문턱은 말, 곧 언어다. 직립은 자유로운 손과 나아가 도구적 생산을 가능케 한다. 음식과 소음에만 활용되던 입은 입술이 생성됨으로써 분절음의 발화를 가능케 한다. 숲의 소음이 사라진 초원지대로의 이동은 작은 소리로 이야기하는 것을 가능케 한다. 말하자면 손과 입술과 초원이 오랜 시간에 걸친 공모를 통해 언어를 이루어낸 것이다. 그러니까 인간이 홀로 이루어낸 진화가 아니라, 우주적 진화의 한 부분일 따름이다. 그리하여 앞발은 손이 되고, 입은 입술이 되고, 머리는 얼굴이 되었다. 그러하기에 언어는 들뢰즈와 가타리가 『천의 고원』에서 말한, 유기적 지층과 인류적 지층의 경계, 곧 유기물과 인간의 경계에 위치한다. 물론 텍스트 바깥을 사유할 수는 없다. 우리는 텍스트의 바깥조차 텍스트를 통해서만 사유할 수 있을 뿐이다. 더군다나 진화의 방향 자체는 거스를 수 없는 것이다. 문제는 두 방향이 동시에 서로에게 빛을 던진다는 점이다. 문자 언어가 해체되는 지점에서 문자 언어가 음성 언어에 대해 가하는 폭력뿐만이 아니라, 언어가 언어 이전의 삶에 대해 가하는 폭력이 드러나듯이, 인간 그 자체가 회의되면 될수록 인간 이전과 인간 이후의 존재에 대한 사유가 확장되기에 이른다.

『하품』의 모태라고도 할 수 있는, 정영문의 첫 장편 『겨우 존재하는 인간』속의 등장인물들이 놓여 있는 지점은 바로 인간다움에 대한 해체 과정의 어느 지점에서 발견되는 지대, 혹은 인류적 지층의 출발 이전, 곧 지독한 삶의 권태 속에서, 삶의 마모와 해체 속에서 발견되는, 삶 이전의 지대다. 그것은 우리 삶의 구조들이 철거된 자리에서 발견되는 점성粘性으로 이루어진 평면plan de consistance, "구체성의 세계로부터 이탈한 곳에 있는, 보다 유동적인, 끝없는 기형적인 변형의 세계"(『겨우 존재하는 인간』)다.

나는 최근 들어, 더 전락할 것도 없는데도 불구하고 끝없이 전락하고 있는 것처럼 여겨졌다. 어쩌면 실제로 나라는 존재의 전락이 이루어진 것이 아니라, 전락에 대

116

한 기대가, 전락의 보이지 않는 끝과 그곳에 있는 종말에 대한 기대가 더 커진 것인지도 몰랐다. 또한 나의 그 전락에는, 마침내는, 내가 나 자신도 알아볼 수 없는 상태에서야 끝날 그 비루한 삶의 지속에는, 완전한 해체와 마모의 순간에 느끼게 되는 자유에 대한 열망 또한 포함되어 있는 것처럼 느껴졌다. (『겨우 존재하는 인간』)

전락할 것이 없는데도 불구하고 끝없이 전락하고 있는 것처럼 느껴지는 것, 그것은 삶의 경계 안에서 이루어진 전락이 이제 삶의 경계 바깥으로 뻗어나가고 있다는 것을 의미한다. 그러나 삶의 경계를 벗어나자 그것은 전락이 아니라, 이제 새로운 생성이다. 그 지점에 이르러서야 비로소 '자유에 대한 열망'이 생성된다. 이것은 은유나 알레고리의 차원이 아닌, 뿌리처럼 얽힌 시간의 미세한 흐름을 타고 흐르는, 혹은 거스르며 채우는 현실적 '되기'다. 그리하여 그것은 인간에 내재한 유기적 지층, 더 나아가 에너지로만 존재하는 물리화학적, 지질학적 지층의 발견에 이른다. 존재의 동기는 없다. 다만 맹목적인 어떤 지향성, 우주의 물질들이 상호작용 속에서 수억만 년에 걸쳐 이루어낸 진화의 끝에 나의 존재가 있을 따름이다. 동물 혹은 사물로 된다는 것, 그것은 인간과 사물 사이에 가로놓여 있는 공통의 지층, 그 모든 사물이 공모하여 이루어내는 공통된 흐름의 발견이다. 그것을 두고 작가는 '맹목적인 지향성'이라 이름 붙이고 있다.

> 나는 나 자신이 그 지렁이처럼 여겨졌다. 나는 나 자신과, 그것을 응시하며, 성찰하며, 포괄하는 내가 하나가 되는 것을 느꼈다. 나는, 나는 지렁이다, 라고 나만 알아들을 수 있는 작은 목소리로 읊조렸다. 반토막이 난 몸뚱어리로 흙먼지 위를 기어가고 있는 지렁이도, 그것을 골똘히 바라보며 뒤쫓은 나도, 우리는 이 세계에 아무런 근거 없이 존재하는 것들일 뿐이었다. 우리는 완전히 우연히, 이 세계를 배경으로 등장한 막연한 움직이는 형상들에 지나지 않는 것들이었다. (『겨우 존재하는 인간』)

그러나 이것은 인류적 지층 이전의 원초적 상태로의 회귀가 아니다. 지렁이가 됨으로써, 정확히 말하면 '지렁이가 되는 인간'이 됨으로써 인간적인 존재 내부의 한 심급을 발견하고, 그 위에 세워져 있는 인간적으로 규정된 특정한 코드를 해체하는 것이다. 곧 그것은 지렁이가 되는 것이 아니라, 지렁이와 더불어 존재하고 있는 하나의 새로운 지층을 발견하는 것이며, 그 지층으로부터 흘러나오는 새로운 생성의 흐름을 발견하는 것이다.

아무런 문제도 없는 상태가 계속되는 게 두려워. 변화하지도, 진화하지도 않는, 전개도 반전도 없는, 다만 끈질기게 유지되는 생이 있을 뿐이지……. (『하품』)

이와 같은 새로운 생성은 마치 카프카의 「변신」에서 그레고르 잠자가 벌레가 된 것과도 같은 것이다. 결국 인간이라고 규정된 제한된 영역을 벗어나 흐르는 욕망의 흐름을 좇는 것, 사회 기구 이면에 놓인, 그것을 규정하고 있는 하나의 장場을 발견하는 것이야말로 '인간 이외의 존재 되기'의 본질이다.

3. 절대적인 이유도, 궁극적인 목적도 없는 존재

이처럼 『하품』은 『겨우 존재하는 인간』에 이어져 있다. 공원이 동물원으로 바뀌었지만, 여전히 사건과 대화는, 마치 연극 무대와도 같은 벤치 주위를 벗어나지 않는다. 그러나 『하품』에서는 『겨우 존재하는 인간』에 대한 여러 가지 방식의 변주가 드러나고 있다. 『겨우 존재하는 인간』에서의 무거운 언설들은 '비루한 인간들'의 관계, 그것의 가벼움으로 전환된다. 살인과 절망의 그로테스크한 포즈는 유희적 정신으로 대체되어 있다. 나와 세계, 곧 '나' 중심의 관계들은, '나'와 '그'의 동등한 관계로 바뀌어 있다. 이러한 변화들은 『하품』에 이르러 이와 같은 주제가, 다소 희미해진 느낌이 없지는 않지만 그럼에도 불구하고, 더욱 세련되고 객관적인 양상으로 다루어지고 있음을 의미한다.

한편 『하품』에서 발견할 수 있는 또 하나의 중요한 변화는 시선에 관한 것이다. '나'는 '나'의 내면 속에서는 고귀함을 간직한 '인간'이다. 말하자면 자신의 존재의 근원에 대해 끊임없이 질문하고 회의하는 자의식을 지닌 실존적 존재다. 하지만 타자의 시선으로 바라보면 어떠할까. 그저 하루하루를 살아가는 개미와도 같은 존재다. 『겨우 존재하는 인간』에서는 존재 자체에 대한 물음이 '나'의 자의식에 짙게 배어 있었다. 그러나 『하품』에서는 이러한 자의식이, 인간다움이 모두 걷혀 있다. 그 결과 관념으로서의 인간다움은 모두 사라지고, 타자의 시선으로 바라본 '비루한 인간들'만이 존재하는 철저한 회색의 세계가 펼쳐지고 있다.

그러나 이러한 변화들보다도 더 중요한 것은, 작가가 근대의 끝자리에서 등장한 인간 존재에 대한 새로운 문제를 지속적으로, 끈질기게 탐구하고 있음을 보여주고 있다는 점이다. 그만큼 이 문제는 어느 특정 시기에 해당되는 것이 아니라, 그 까마득한 옛날부터 여러 다른 형태로 우리에게 부과된 것이며, 따라서 그것은 거대한 공허와 함께 우리 앞에 놓여 있는 문제다.

또 만나세, 오늘처럼, 어제처럼, 어제의 어제처럼, 그 까마득한 옛날부터 지금까지 우리가 그랬던 것처럼, 이 장소에서, 그 시간에, 그래서 그동안 수없이 했던 얘기들을, 아니면 아직 하지는 않았지만 지금껏 한 얘기들과 크게 다르지 않은 얘기들을 하세, 할 얘기가 도무지 없을 것 같지만, 또 있겠지, 그가 말했다. (『하품』)

이러한 맥락에서 바라보면, '비루한 인간들'은 우리 아닌 다른 어떤 존재가 아니라, 우리 속에 내재된 인간적 숙명의 다른 이름일 것이다. 고도를 기다리는 블라디미르와 에스트라공처럼, 포조와 럭키처럼, 운명과도 같이 우리 앞에 놓여 있는 예정된 종말을 유예시키는 끝없는 대화는 그래서 계속 이어져왔고, 앞으로도 이어질 것이다. 그 도저한 흐름의 어느 높은 파고 위에 『하품』이 있다.

하품

ⓒ정영문, 2017, 2006, 1999

초판 1쇄   1999년 11월 10일
재판 1쇄   2006년 3월 20일
개정판 1쇄 2017년 5월 25일

지은이 / 정영문
펴낸이 / 박진숙
펴낸곳 / 작가정신
편집 / 김종숙 김나리
디자인 / 주영훈
마케팅 / 김미숙
디지털콘텐츠 / 김영란
관리 / 윤선미
인쇄 및 제본 / 한영문화사

주소 (10881) 경기도 파주시 문발로 207
대표전화 031-955-6230 팩스 031-944-2858
이메일 editor@jakka.co.kr 블로그 blog.naver.com/jakkapub
출판등록 제406-2012-000021호

ISBN 979-11-6026-042-7   03810

이 도서의 국립중앙도서관 출판시도서목록(CIP)은 서지정보유통지원시스템 홈페이지(http://seoji.nl.go.kr)와
국가자료공동목록시스템(http://www.nl.go.kr/kolisnet)에서 이용하실 수 있습니다.
(CIP제어번호 : CIP2017010040)